왕좌의 주인

이영후 판타지 장편 소설

FANTSY FRONTIER SPIRIT

왕좌의 주인 1

이영후 판타지 장편 소설

초판 1쇄 찍은 날 § 2013년 7월 5일
초판 1쇄 펴낸 날 § 2013년 7월 11일

지은이 § 이영후
펴낸이 § 서경석

편집부장 § 권태완
편집책임 § 어정원

펴낸곳 § 도서출판 청어람
등록번호 § 제1081-1-89호
등록일자 § 1999. 5. 31
어람번호 § 제1-1628호

주소 § 경기도 부천시 원미구 심곡2동 163-2 서경B/D 3F (우) 420-822
전화 § 032-656-4452 팩스 § 032-656-4453
http://www.chungeoram.com
E-mail § chungeorambook@daum.net

ⓒ 이영후, 2013

ISBN 978-89-251-3363-8 04810
ISBN 978-89-251-3362-1 (세트)

왕좌의 주인

이영후 판타지 장편 소설

FANTSY FRONTIER SPIRIT

1

도서출판 청어람

CONTENTS

Prologue

겔로스 대륙.

한 시대를 흔드는 소문이, 대륙을 뒤흔들며 소용돌이로 몰아가고 있었다.

마도시대의 절대자들이 남긴 유적들이 모습을 드러냈다!

신비한 마력을 가진 그 소문은, 힘과 권력을 원하는 자들, 호승심으로 가득찬 자들을 진원지로 불러 모으는 마력이 있었다.

하나, 오래지 않아 소문은 모래사장에 떨어진 보석처럼 그 모습을 찾기 어렵게 되어 버렸다.

헬파이어에 버금가는 위력의 폭발이 일더니 유적이 함몰되고 만 것이다.

그럼에도 여전히 능력이 있는 자들은 혹시 건질 수 있을지도 모른다는 희망으로 계속해서 유적으로 몰려들고 있었다.

유적들이 발견된 루퍼트 제국 내 후튼 공국으로!

루퍼트 제국의 황제에게 검의 대공이란 명예를 수여받은 최강의 기사, 막시밀리안 폰 비트 대공과 그 의형제들도 그중 하나였다.

어두운 공간에서 노인의 목소리가 울려 퍼졌다.

사람들에게 잊혀진 그 공간, 그곳에서 들려온 목소리는 다름 아닌 막시밀리안 대공과 그 형제들의 것이었다.

그들은 끝내 발견한 것이다, 절대자의 가장 강한 티엔마르의 유적을.

"형님! 이건 너무 위험합니다. 이 내용이 대륙에 퍼진다면 그 옛날 티엔마르에 의해 마도제국이 멸망당했던 때가 도래할 겁니다."

"으음… 나도 그게 걱정일세. 하지만 이곳의 유적에서 티엔마르의 무예서가 발굴됐다면 다른 여섯 개의 유적에서도 그 시대의 절대자들의 무예서가 나왔을 것이 아닌가."

"별수없소. 우리가 이 티엔마르의 무예서를 연구하여 대륙을 지킬 힘을 만들어 냅시다. 그 힘으로 다른 유적에서 나왔을 무예서들을 회수하면 그뿐이오."

"방법은 그뿐이로군. 다른 유적을 발굴하고 있는 자들은 모두 제국이거나 왕국의 발굴단이니 말이야."

이미 떠난 각국의 발굴단은 아무것도 얻지 못하고 유적이 붕괴됐다는 보고가 올라간 지 오래였다.

그들이 그런 보고를 했다는 것은 이미 뭔가 숨기는 바가 있다는 것이고, 그런 그들이 무예서를 내놓으리라는 것은 어불성설.

다시 대륙은 피의 폭풍 속으로 휘말려 들어갈 수 있다는 의미였다.

그것을 염려한 막스와 그의 의형제들은 대륙의 위기를 지키기 위해 티엔마르의 무예서를 가지고 잠적하기로 했다.

그 뒤 유적 발굴은 조용히 덮이고 세상은 아무런 일도 없었던 것처럼 평화로울 뿐이었다. 마치 폭풍이 불어오기 전의 바다처럼.

Chapter 01
운명이 이끄는 곳

바야흐로 인간의 시대였다. 마법의 시대—

마법에 도취된 인간들은 세계를 정복하고, 이종족을 멸족하며 대륙으로 뻗어나갔다. 오크보다 못하지만 못지않은 번식능력, 본능과 투쟁심. 무엇보다 월등하고 무엇보다 강력했던 그 시대의 인간은 대륙을 모두 점령하기에 이른다. 누구도 그들을 주인이라 생각할 만큼.

심지어 중용자인 드래곤들마저 인간을 두려워할 그런 시대였다. 그러나 그것은 곧 인간에게 독이었다. 욕망에 심취한 그들은 서로 사분오열하여 내분을 일으켰고, 다른 종족들이 단합하며 피를 나눌 때 인간의 오만은 신을 거절하고 도전하기에 이른다.

"너희 인간의 오만을 징벌하리라! 이는 나 유란의 뜻이니라!"

창조신 제론에게 대륙을 위임받은 드래곤로드 마젤리안 유란이 끝내 분노한 것이다. 그리고 그는 인간을 파멸로 일으킬 일곱 존재들을 불러들였다. 이계의 절대자 천마, 대륙의 인간들이 일컫는 티엔마르와 그에 못지않은 절대자들을 불러온 것이다.

그것이 인간의 부흥기의 몰락이자 마도제국의 몰락, 그리고 절대자 티엔마르의 등장이었다.

—대현자 리안크루웰의 『고대제국 멸망사』

어둠이 깔리기 시작하는 벌판.

해는 저물어 서산으로 넘어가고 그 마지막 여운이 아름다운 붉은 빛으로 남아 있다. 추수가 끝이 났는지 벌판은 휑한 모습으로 사람들을 반기고, 도로는 길고 단단한 모습을 드러내고 있다.

바스락!

마른 풀잎을 밟는 소리가 숲 쪽에서 들려오고 그곳에서 은색의 짐승이 천천히 걸어 나왔다.

"크르르륵!"

인간들이 혹시 쓰러진 척을 하는 것은 아닌지 알아보기 위해 거칠고 강한 소리로 우는 녀석은 조심스럽게 인간들에게 다가갔다. 죽은 자들의 몸에서 흘러나온 피가 시간이 지나 검붉게 변해 있는 모습에 녀석은 고개를 저었다.

"크르륵!"

죽은 시체를 먹지 않는 녀석은 죽은 자들에게 시큰둥한 반응을 보이며 주변을 살폈다. 그러다 불이 꺼져가는 마차, 예전에는 제법 화려하고 커다란 모습을 지니고 있었을 것 같은 연기가 피어나는 잿더미를 향해 움직였다.

후두둑!

녀석은 갑자기 잿더미가 무너지며 내는 소리에 바짝 긴장했다. 갈기를 세우고 발톱을 날카롭게 내민 채 녀석은 조심스럽게 접근했다. 그렇게 다가간 잿더미 안에는 불에 탄 채 뭔가를 소중하게 안고 있는 시체가 보였다.

"응애! 응애!"

녀석은 갑작스런 인간 아기의 울음소리에 놀랐는지 잠깐 물러났다가 다시금 아기로 향했다. 죽은 여인이 온몸으로 화마를 가려준 덕분에 아무런 상처도 입지 않은 채 살아남은 아기는 서럽게 울었다.

엄마의 죽음을 아는 것인지, 아니면 인간으로 태어나 살고자 하는 본능이 그렇게 만드는 것인지 알 수 없지만 목청이 찢어져라 울고, 또 울었다.

바스락!

은빛의 야수는 그런 아기를 먹이로 생각했는지 아기의 주변을 막고 있는 것들을 커다란 발로 치웠다. 그러자 명확하게 보이는 아기의 모습에 녀석은 잠시 머뭇거렸다.

"크르르."

녀석은 아기의 얼굴을 보며 먹을까 말까 한참 고민하더니 이내 낮게 운 뒤 입을 크게 벌리고 아기의 머리를 향해 커다란 입을 뻗었다.

"마아아아!"

아기는 그런 순간에도 위험을 인지하지 못했는지 울음을 멈추고 손을 뻗었다. 뽀얀 피부를 지닌 아기는 통통하고 앙증맞은 손으로 야수의 커다란 이빨을 잡았다.

"빠-빠-빠-빠!"

아기는 야수를 자신의 어미로 착각한 듯 계속해서 반가움을 드러내며 야수의 이빨을 만지작거리며 즐거워했다. 그러자 야수는 아기를 먹으려고 하던 그 자세 그대로 굳어버린 채 눈동자만 데굴데굴 굴렸다. 한참을 그렇게 있던 녀석은 아기를 힐끗 곁눈질로 바라봤다. 앙증맞은 아기의 모습에서 불쌍함을 느꼈는지 녀석의 눈이 조금씩 이상한 빛을 띄어갔다.

"갸르륵!"

녀석의 입에서 나오는 소리에서 친근함을 표현하는 것이 느껴졌다. 왜 그런지 알 수는 없지만 아마도 모성을 인간의 아기에게 느낀 것이다.

철컹!

아기의 몸이 들리고 아기의 몸에 걸려 있는 은빛의 펜던트가 소리를 내며 늘어졌다. 고풍스런 모양을 한 펜던트는 두 개의 머리를 지닌 사자의 형상이 새겨져 있었고 그것이 무엇을 의미하는지는 알 수 없었다. 하지만 결코 범상치 않은 물건이라는 것을 짐작할 수 있을 뿐이다.

"캬우우우!"

은빛의 야수는 아기를 감싼 천을 입으로 문 채 낮게 울부짖었다. 그러곤 곧장 자신이 나왔던 숲으로 달려갔다.

"크르르르!"

야수는 살기를 가득 담아 으르렁거렸다. 지금 자신과 자신의 아기가 된 어린 아기의 앞에 입맛을 다시며 서 있는 트롤을 보고 지르는 소리였다. 귀찮은 듯한 표정으로 야수를 바라보는 트롤은 혀를 내민 채 입가로 침을 질질 흘렸다.

"캬아."

트롤은 가볍게 소리를 낸 뒤 야수의 잔뜩 도사린 몸짓에도 아랑곳하지 않은 채 천천히 손을 내밀었다. 맡겨놓은 물건이라도 받는 것 같은 트롤의 행동은 야수의 눈빛에 분노를 일으키게 하기에 충분했다.

아무리 트롤이 몬스터들 중에서 상위에 랭크된 존재라고는 해도 자신도 실버 레오파드였다. 어지간한 샤벨타이거는 한 번에 물어 죽인다는 강한 힘을 지닌 존재가 바로 자신인 것이다.

이런 모욕에 가까운 행동을 보이는 놈에게 단단히 버릇을 고쳐주리라 다짐하는 녀석은 날카롭게 발톱을 세우며 최대한 몸을 낮게 움츠렸다.

팟!

순간적으로 뛰어오르는 은빛의 털을 지닌 야수의 움직임은 3미터가 넘는 키를 지닌 트롤의 목을 향해 뻗어갔다.

"캬아아."

크게 벌어진 이빨이 녹색의 피부를 뚫고 들어가려는 순간 트롤의 몸이 움직였다. 뒤로 물러서는 동시에 뻗어내는 커다란 손이 야수를 향해 날아갔다.

파각!

"케엥!"

야수는 괴로운 비명을 질렀다. 어지간한 굵기의 나무는 부러뜨릴 수 있는 힘이 실린 트롤의 공격에 옆구리를 얻어맞은 터였다.

뼈가 부러지지 않았으면 다행일 지경이었다.

"흐읔! 으아아아앙!"

야수가 비명을 지르고 나뒹구는 모습에 어린 아기가 목청이 터져라 울음을 터뜨렸다. 자신을 보호하던 야수가 다친 모습에 겁이 나서 내지른 터라 그 소리가 더욱 요란하고 듣는 이의 마음을 아프게 만드는 힘이 담겨 있었다.

"캬우우우!"

야수는 아기의 울음에 고통도 잊은 채 살기등등한 포효를 질렀다. 아기에게서 느낀 모성의 본능이 본래 녀석이 지닌 힘보다 더 강한 힘을 발출케 했다.

"크아아아!"

트롤은 슬슬 화가 나는지 짜증이 섞인 울음을 터뜨리며 흥성에 겨운 표정으로 돌변했다. 지금까지 이렇게 거칠게 저항하는 야수를 본 적은 없던 터였다.

부웅! 부우웅!

양팔을 거칠게 휘두르며 야수를 공격하는 트롤의 모습은 광기에 차 접근조차 어려울 지경이었다. 그 공격에 야수는 아기가 다칠까 염려되는지 빙글빙글 맴돌며 트롤의 신경을 자신 쪽으로 돌렸다. 그러곤 천천히 물러서며 어떻게든 아기가 있는 곳에서 멀리 벗어나려 했다.

"허허, 놀라운 광경이로구려."

"그러게 말입니다. 야수가 인간의 아기를 제 새끼처럼 보호하다니."

트롤과 야수의 싸움이 한창 진행되는 동안 조금 떨어진 곳에서 목소리가 들려왔다. 백발의 머리카락을 흩날리며 길게 늘어뜨린 수염이 인상적인 네 명의 노인이었다.

장대한 체구를 지닌 노인이 그나마 제일 젊어 보였는데 그가 오히려 다른 노인에게 말을 놓는 것을 보면 제일 연장자인 듯했다.

"일단 아기부터 구해야 할 것 같군요."

"그럽시다. 웃차!"

가볍게 기합을 넣으며 공중으로 몸을 날리는 장대한 체구의 노인이 순식간에 거리를 좁히며 아기가 자지러지게 울고 있는 곳으로 이동했다. 그러자 나머지 노인들이 그 뒤를 따라 아기의 옆으로 내려섰다.

"으아아앙!"

노인들이 아기를 안아 들자 아기는 두려웠는지, 아니면 불편했는지 서럽게 울어대기 시작했다. 이제껏 한 번도 아기를 안아준 적도 없을 뿐더러 200년이 넘는 시간 동안 인간들과 접촉도 하지 않았던 그들이었다. 그러니 아기를 어떻게 돌봐야 하는지 알지 못하는 것이 당연했다.

“이런.”

“아기를 본 적이 없으니 어떻게 해야 하는 건지 원.”

곤혹스러워 하며 노인들은 서로 아기를 달래보라며 떠밀었다. 그러나 아무도 아기를 달랠 생각은 하지 않고 먼 산을 바라보며 딴청을 부리는 통에 아기만 더욱 서럽게 울어야만 했다.

“허허! 이리 온.”

“흐끅!”

아기는 한 노인이 인자한 음성으로 자신을 안아 들자 울음을 멈췄다. 지금껏 강보에 싸인 채 야수가 물고 이동했던 탓에 너무 편하게 안아주는 노인의 몸짓이 마음에 든 것이리라.

“옳지. 허허허! 네 어미는 어디로 가고 저 야수가 너를 돌보고 있는 게야. 무정한 어미로다.”

노인은 이런 갓난아기가 야수에 이끌려 다니는 게 마음이 안쓰러웠는지 죽은 지 여러 날이 지난 아기의 어미를 탓했다. 영롱한 눈망울로 자신의 눈을 뚫어지게 바라보는 모습에 이내 입을 다물고 아기의 머리를 쓰다듬었다.

얼마나 지났는지 모르지만 아기를 감싸고 있는 강보는 흙에 찌들어 있었다. 그나마 야수가 아기의 얼굴을 핥아주어 얼굴은 그나마 깨끗함을 유지하고 있어서 다행이랄까?

“캬우우우우!”

　노인들은 갑작스럽게 들려오는 표독스런 울부짖음에 그 소리가 난 방향으로 시선을 돌렸다. 그곳에는 온몸에 피를 흘리고 있는 야수가 자신의 아기를 빼앗은 것에 대한 분노하며 이를 드러내고 서 있었다.

　"거참. 이 아기는 네 새끼가 아니라 인간의 아이다. 우리가 거둘 것이니 너는 그만 돌아가도록 하거라."

　노인들은 아기를 자신의 새끼로 착각한 채 목숨 걸고 지키려는 야수의 모습에서 진한 감동을 느꼈는지 자상하게 타이르듯 말했다.

　"크르르르!"

　야수는 감히 범접할 수 없는 힘이 느껴지는 노인들을 노려보며 낮게 울음을 터뜨렸다. 달려들 듯한 자세를 여러 차례 취하기는 했지만 꼬리가 말린 것을 보면 노인들의 알 수 없는 기세에 질린 것이 분명했다.

　콰지직!

　"쿠오오오!"

　나무를 부러뜨리며 달려오는 트롤의 괴성에 노인과 야수의 기묘한 대치를 풀었다. 흥성만이 남아 있는 트롤은 노인들에게서 느껴지는 엄청난 기운을 느끼지도 못하는지 그대로 양팔을 휘저으며 달려오고 있었다. 놈의 엄청난 박력 앞에 야수는 몸을 옆으로 피하며 바닥에 낮게 웅크렸다.

"감히 몬스터 따위가 날뛰다니. 하앗!"

장대한 체구의 노인이 굵은 눈썹을 꿈틀거린 뒤 지면을 강하게 차곤 공중으로 날아올랐다. 공중으로 떠오르자 순식간에 십여 개가 넘는 잔상을 만들어내며 움직이는 노인의 모습은 환상적인 아름다움으로 다가왔다. 그러나 그것은 지켜보는 사람의 입장에서 느껴지는 감상이지 당하는 입장에서는 온몸이 얼어붙는 두려움을 불러일으키기에 충분했다.

파팟!

노인의 손이 기이한 호선을 그리며 뻗어지고 그 손에 들린 작은 나뭇가지가 날카로운 소리를 내며 트롤의 목을 스쳐 갔다.

"크아아악!"

괴성을 지르는 트롤은 목을 부여잡으며 바닥을 나뒹굴었다. 너무 두꺼운 목을 지닌 탓에 잘리지는 않았지만 목의 양쪽으로 올라가는 대동맥이 베어져 분수 같은 피를 뿜어냈다.

"이런, 내 실력이 녹슨 모양이로군. 저 정도의 상처밖에 내지 못하다니 말이야."

노인은 그런 엄청난 동작을 선보인 뒤 약간 실망했다는 듯 말했다. 나뭇가지로 그 질기다는 트롤의 목을 거의 베어낸 사람의 말이라고는 믿을 수 없을 만한 일이다.

그러나 다른 노인들의 고개가 끄덕여지는 것을 보면 그의 말이 사실인 듯했다.

"트롤의 재생력이야 익히 알려진 사실이니 죽지는 않을 터. 그러니 그만 물러가라. 살생하고 싶지는 않으니."

노인은 강한 기운을 담아 트롤에게 보냈다. 엄청난 기운이 밀려들자 트롤은 고통스런 와중에도 공포에 질린 채 기어서 도망쳤다. 흉성을 넘어서는 그 엄청난 공포 앞에 몬스터의 광폭한 본능도 고개를 숙인 것이었다.

그러자 남은 것은 은빛의 야수뿐이었다.

어찌 보면 표범 같기도 한 녀석은 피를 흘리며 그 자리에서 고개를 저었다. 마치 상대할 수 없는 인간을 본다는 표현 같았지만, 물러날 생각은 전혀 하지 않았다.

"마아아아!"

아기의 목소리가 들려오자 야수는 발로 바닥을 파며 안절부절 못했다. 노인들로선 자신들이 잘못하는 것은 아닌가 하는 고민에 들었다. 하지만 인간은 인간에 의해 자라야 하는 것이 순리다. 그 순리를 어겼을 때 파생될 문제를 생각하면 저 은빛 야수의 애끓는 마음을 버리게 만들어야 했다.

"놈! 그만 물러가지 못할까?"

우르르릉!

번개가 내려치듯이 노인의 몸 주변으로 퍼져 나가는 푸른 빛이 눈을 부시게 만들고 야수는 그 기운에 의해 뒤로 밀려

나갔다.

"아우우우!"

슬픈 울음을 토하는 은빛 야수는 하늘에 떠 있는 둥근 달을 바라보며 눈물을 흘렸다. 인간이 아니라 굵은 눈물을 흘리는 것은 아니었지만 촉촉하게 젖은 녀석의 눈은 붉게 충혈되어 하늘에 떠 있는 세 개의 달처럼 자신의 심정을 토로하는 것 같았다.

"갑시다."

"그러세."

노인들은 야수가 단념했음을 느꼈는지 서둘러 자신들이 떠나온 곳으로 돌아갔다. 그들이 향하는 곳은 끝없이 펼쳐진 숲의 중앙에 위치한 거대한 탑이었다.

*　　*　　*

시간은 모든 것을 망각하게 만드는 힘이 있다.

그것이 세상을 구한 영웅이든, 아니면 세상을 뒤흔들었던 미인이든 간에 공평한 것이다. 물론 그 이름이 뛰어나면 뛰어날수록 사람들이 잊어버리는 시간이 길게 간다는 것이 다를 뿐이다.

"이건 너무 위험하네."

"제 생각에도 그렇습니다. 인간이 마신이 될 수 있다니
요… 허허! 이거 참!"

보우마 노인의 말에는 분노와 황당함이 깃들어 있었다. 그
들이 200년간 연구하여 완성해 낸 책자를 보는 눈길에는 동
일한 감정이 어려 있었다.

"검성이라고 불린 나 막시밀리안의 검술로도 이 힘을 온전
히 익힌 자에게 십 초를 받아낼 수 없네."

"으음… 형님께서 십 초라면……."

"이 세상에서 당할 자가 없다는 소리지. 이러니 드래곤들
도 학살을 당한 게야. 하아……."

막시밀리안의 한숨에 다른 노인들도 고개를 절레절레 내
저었다. 2천 년 전에 있었던 고대 마도제국의 멸망에 얽힌 전
설을 그들도 익히 알고 있었다. 지금 자신들에 의해서 연구되
어진 티엔마르, 즉 천마의 고사도 무예서의 한켠에 기술되어
있었다.

"후우! 조금 더 심사숙고해야 할 것 같네. 이것을 어린 레
오에게 가르칠 수는 없는 노릇 아니겠나."

"그거야 그렇소만."

보우마의 대꾸에 막시밀리안은 정령사이자 이들 중에서
가장 막내인 하인츠에게 시선을 돌렸다.

“하인츠!”

“네, 형님!”

“자네가 레오를 좀 가르치게나. 우리들은 이 책을 어떻게 해야 할지 더 이야기를 해봐야겠네.”

“그렇게 하지요. 그럼!”

하인츠가 나가고 나서도 나머지 세 노인의 깊은 시름이 섞인 대화는 계속해서 이어졌다.

“마나를 모으는 마법진의 배열을 이중으로 만들면 더욱 강력한 마법진이 될 것 같은데 왜 이렇게 했지?”

어린아이의 음성이 방 안을 울렸다. 지난 십 년의 시간이 흐르는 동안 네 명의 노인에게 배워 천재라는 소리를 들을 정도로 실력을 쌓은 레오였다.

야수 레오파드의 명칭을 딴 레오라는 이름의 소년은 금발의 머리카락을 찰랑찰랑 흘러내린 채 자신의 몸통보다 커다란 책을 넘기는 중이었다.

사락!

양피지에 보존마법을 걸어 천 년의 세월이 흘러도 좀이 슬지 않도록 만들어진 책은 소년의 손에 빠르게 넘어갔다. 열 살의 어린아이가 보기엔 너무 어려울 것 같은 마법진의 완성이라는 책이 들려 있는 것이다.

"이걸 이렇게 하고… 람문자를 여기다 새기고… 마법진을 이중으로 중첩시키면……."

레오는 마법진을 자신만의 생각에 입각하여 새롭게 만들어 내고 있었다. 이제 겨우 열 살의 어린 소년이라고 하기에는 도저히 믿어지지 않았다.

"히히! 이제 활성화를 시키면… 마법진이여, 깨어나라!"

후웅!

레오는 마법진에 마나를 밀어 넣었다. 다섯 살도 되기 전에 마나서클을 이룩하고 열 살인 지금 4클래스의 유저가 되어 세상이 알면 놀라서 까무러칠 지경인 것이다.

"이익!"

너무도 많은 마나의 소모에 레오가 인상을 찌푸렸지만 이내 화려한 빛의 향연이 마법진에서 일어났다.

"됐다! 성공이다!"

레오는 마법진에서 떠오른 오색빛깔의 구를 손으로 든 채 희희낙락거렸다.

"이렇게 예쁜 빛의 구슬이라니… 어느 정도의 위력일까?"

레오는 자신의 손에 들린 빛의 구슬이 지닌 위험함을 익히 알고 있었다. 자신의 마력을 거의 빨아들여서 만들어진 것이니 익스플로젼에 버금가는 위력일 거라 추측할 뿐이었다.

'아차! 이러다 할아버지들에게 혼나겠다. 위험한 마법을

익힌다고. 쳇!'

레오는 속으로 구시렁거리며 얼른 마법을 해제하기 위해 마나를 움직였다.

"해제!"

나중에 다 쓸모가 있을 거라는 생각을 하며 레오는 마법을 해제시켰다. 그러자 손에 들려 있던 빛의 구슬이 영롱한 빛을 흩뿌리며 사라졌다.

"오늘은 환영마법진을 더 봐야겠다. 쩝!"

레오는 위험한 마법을 익히고 있는 것을 숨기기 위해서 얼른 원래 보던 마법서를 들었다. 그리고 정신없이 그것을 익히기 위해서 정신을 집중했다.

"뭘 알고 보는 것이더냐?"

레오는 갑자기 들려온 질문에 고개를 들었다. 자신의 앞에 서서 멀뚱하게 바라보고 있는 노인의 얼굴엔 자상함과 궁금함이 함께 공존하고 있었다. 과연 이 아이가 책의 내용을 알고 보는지 아니면 그냥 보는 시늉을 하는지 알고 싶다는 생각이 그대로 반영된 노인의 표정에 레오는 팔짱을 끼며 오른손을 들어 올려 턱을 긁었다.

"글쎄요. 어찌 보면 알 것도 같고 또 어찌 보면 모를 것도 같아요."

"허허허, 그러하냐? 하긴 그 책의 내용이 아직은 어려운 것은 당연한 일이니 너무 실망하진 말거라."

"실망은요. 히히!"

레오는 노인의 위로에 코를 씰룩이며 웃었다. 즐거울 때 나타나는 레오의 버릇으로 노인의 위로로 마음이 따뜻해져 나온 것이었다.

"자, 이젠 정령술을 수업해야 할 시간이니 따라오너라."

"이크, 정령술을 배울 시간이구나. 아이고, 죽었다."

갑작스런 레오의 엄살에 노인은 허허로운 미소를 흘리며 레오의 부드러운 머리칼을 쓰다듬었다. 정령술은 세상에 흐르는 기운을 느끼는 명상이 대부분을 이루기 때문에 어린 레오가 힘들어 하는 바를 이해할 수 있었다.

"그런데 다른 할아버지들은 무슨 연구를 하길래 보기가 점점 더 힘들어져요? 레오가 보고 싶지도 않은가 봐요. 칫!"

레오는 노인의 팔짱을 끼며 투정을 부렸다. 네 노인을 제외하면 레오는 그들의 집사를 맡은 탈란과 이상한 차림의 요염한 시녀 아드리아를 보는 것이 전부였다. 그나마 탈란과 아드리아는 인간이 아닌 뱀파이어와 서큐버스였으니 정에 대한 굶주림이 심각한 수준에 이르러 있었던 탓이다.

"허허! 우리 레오가 형님들을 보고 싶은 게로구나. 이제 연구가 막바지라 정신이 없어서 그런 것이니 레오가 참으렴. 이제 곧 보게 될 게다."

노인은 레오의 마음을 모르는 바가 아니라 자신들이 하는 연구의 중요성을 떠올리곤 레오를 달랬다.

레오가 정에 굶주려 함을 모르는 바는 아니지만, 이 연구는 멈출 수 없는 것이었다.

이계에서 온 절대자라는 소리를 들었던 존재가 남긴 서적을 연구하느라 그들이 모인 지도 어언 이백 년이 흘러 있었다.

그 동안 그 이상하게 생긴 문자를 연구하는 것으로 세월을 다 보냈고 이제 어떤 뜻을 지니고 있는지 파악하여 연구는 급물살을 타는 중이었다.

만약 자신들이 티엔마르의 무예서를 연구하지 못한다면 그 고대 마도시대의 유적에서 먼저 무예서를 발굴하고 파괴한 자들을 막아내지 못할 것이었다.

자칫 세상을 멸망으로 이끌어 갈 수 있는 정체불명의 대적이 도사리고 있는 상황에서 연구는 그 어떤 것보다 우선해야 할 일이었다.

그러니 그 연구가 끝나면 레오를 위해 남은 생을 살 것이라 다짐하는 노인들이었기에 조금만 기다리라는 말로 레오를 가볍게 안았다.

"자, 도착했다."

　노인은 하인츠라는 이름을 지닌 노인으로 정령술의 대가였다. 이백 년 전 이계의 절대자가 남긴 서적을 발굴할 당시 있었던 네 사람 중 하나로 최상급의 물의 정령을 부릴 수 있는 능력자였다.

　"저기 앉으렴."

　숲의 한 곳에 도착하자 하인츠가 품에 안고 있던 레오를 내려놓으며 평평하고 고른 바위를 가리켰다. 말인 즉 그곳에 앉으라는 의미였다.

　"영차!"

　레오는 재빠른 동작으로 바위로 뛰어오르며 편안한 자세로 앉았다. 명상을 하는 동안 최대한 오래 버티려면 최대한 편안한 자세가 선결조건이다. 아니면 10분도 못 가서 엉덩이가 들썩일 판이니 명상이 깨어지는 것은 시간문제인 셈이다.

　"마음을 가다듬고 자연의 기운을 느껴라. 따뜻하고 편안한 대지의 기운과 자유롭고 막힘없는 바람의 기운, 그리고 한없이 자애로우나 분노하면 세상의 모든 것을 쓸어낼 수 있는 힘을 지닌 물의 기운을. 마지막으로 저 하늘에 떠 있는 태양에게서 느껴지는 뜨거운 불의 기운이 마지막이다."

　하인츠 노인은 사대원소의 정령을 부를 수 있는 준비단계로 자연의 기운을 느끼라며 각 원소의 특징을 설명했다. 레오는 그 설명을 들으며 차분하게 마음을 가라앉혔다.

하인츠가 말하는 그 기운들을 느끼기 위해 노인의 말을 곱씹었다. 아직은 어린 나이라 자세히 알지 못하는 것들이 많았지만 천천히 네 가지 기운을 접했을 때 느꼈던 것들을 끌어냈다.

'시원해.'

레오는 머릿속을 가득 채운 물의 느낌에 맑고 영롱한 미소를 지었다. 물속에 몸을 담구고 있을 때의 느낌이 온몸으로 전해져오며 전신으로 시원한 느낌을 받았다. 그러자 곧장 그 시원함을 더욱 부추기는 바람이 불어왔다.

네 가지의 기운을 차례차례 몸으로 떠올리는 레오는 점점 깊은 명상 속으로 빠져들며 사대 정령의 기운을 조금씩 자신의 주변으로 불러들였다.

'저를 부르셨나요?'

'같이 놀아요~'

금세 레오의 주변으로 몰려든 정령들이 속삭였다. 유난히 기운에 대한 감각이 좋은 레오가 속성들을 떠올리자 정령들이 부르지도 않았는데 나온 것이었다.

'왔어?'

레오는 눈을 감은 채 정령들에게 물었다. 이미 이런 전력이 많은 레오인지라 자연스러운 반응을 보였다.

"허허, 볼 때마다 놀라운 일이야. 부르지도 않았는데 정령들이 나오다니. 껄껄껄!"

하인츠 노인은 레오가 불러낸 정령들을 보며 웃었다. 이미 레오의 주변은 사대원소의 정령들이 모두 몰려와 레오의 몸을 타고 뛰놀았다.

실프와 운디네는 레오의 몸 주변을 돌며 레오의 얼굴을 건드렸고 노움과 샐러맨더는 레오의 양어깨에 앉아 머리카락을 잡아 당겼다. 같이 놀아달라는 그들의 모습을 보며 하급정령들의 장난기는 여전하다는 생각에 고소를 머금을 수밖에 없었다.

'이제 열 살인 이 아이의 미래가 궁금하구나. 우리들은 이제 10년도 살지 못하고 죽을 목숨들인데……'

하인츠는 레오의 얼굴을 보며 측은한 마음을 금할 수 없었다. 지난 10년간 이 아이를 키우려 고생한 기억이 머리를 스쳤다.

200년 동안 연구에 몰두하며 살았던 그들이 어린 아기를 맡아 키우기란 여간 어려운 것이 아니었다. 당장 젖을 먹일 수도 없는 노릇이라 숲의 엘프들에게 부탁하여 젖을 먹여야 했고 똥이라도 싸는 날에는 그 기저귀를 치우느라 곤욕을 치러야 했다. 그러나 이 아이로 인해 그들의 말년은 즐거움으로 가득했다. 이런 행복을 느껴본 적이 언제일까 싶을 정도였다.

하지만 연구는 계속해야 했고 그래서 네 명의 절대자 중에 하나인 보우마 노인이 서큐버스를 소환하여 강제로 유모로 주저앉혔다.

마왕을 계약자로 둔 최고의 흑마법사인 보우마 노인인 탓에 서큐버스는 울며 겨자 먹는다고 어린아이의 유모가 되어야만 했다.

물론 그렇다고 결혼도 안 한 마물 중에 하나인 서큐버스가 젖이 나올 리는 만무한 일, 보모로 일했다는 표현이 더 적당한 일이었다. 그렇게 키운 아이가 어느새 열 살이라는 나이가 되어 자신들의 공부를 배우고 있는 것이다.

사락!

잠깐 생각에 잠겨 있던 틈에 레오가 눈을 뜨고 움직이는 소리가 들렸다. 하인츠 노인은 슬그머니 실눈을 뜨고 레오가 하는 일을 지켜봤다. 소리를 안 내려 발꿈치를 든 채 레오가 자리에서 벗어나려고 했다.

자신이 불러낸 정령들과 놀고 싶은 마음을 모르는 것은 아니지만 집중력을 길러주는 것도 자신이 해야 할 일.

"어딜 가는 것이냐?"

"흑!"

레오는 자신이 놀러 가려고 하는 것을 들키자 그대로 멈춰 섰다. 발을 들어 올린 채 멈춰 선 탓에 레오의 몸이 기우뚱거리며 금세라도 쓰러질 듯 위태로워 보였다.

“히히, 들켰다.”

레오는 아직은 놀고 싶은 마음이 가득한 어린아이였다. 비록 능력은 또래의 아이보다 월등히 높아 성인 남자들에 해당하는 실력을 쌓았지만 그것이 정신연령이 높아서 그런 것은 아니었다. 워낙 능력이 뛰어난 스승들 덕분일 뿐이다.

“녀석, 명상은 중요한 것이란다. 앞으로 네가 더 높은 곳으로 올라가기 위해서 반드시 쌓아야 할 수업이거든.”

“네, 알았어요. 근데 이렇게 조용하고 예쁜 것들이 가득한 숲으로 나오니 놀고 싶은 마음이 드는 걸요. 어쩌죠?”

“허허, 녀석도 원.”

하인츠 노인은 레오의 놀고 싶은 마음을 헤아리지 못하는 것은 아니지만, 어릴 때부터 명상하고 수련하는 버릇을 잡아 놓아야, 나중에 저 아이가 더 높은 실력을 쌓을 수 있는 기본이 된다는 생각에 고개를 저었다.

“안 돼! 지금은 수련해야 할 시간이다. 나중에 놀 시간을 따로 줄 것이니 그때까진 명상을 하거라. 알았느냐?”

하인츠의 엄한 표정에 레오는 서운한 마음이 들었다. 이렇게 엄한 모습을 보이는 할아버지들의 모습은 몇 번 겪지 못한 레오였다. 하긴 이제껏 할아버지들이 하라는 대로 하며 살아온 레오였기 때문에 저런 표정을 볼 일이 별로 없었던 탓도 크게 작용했다.

“알았어요. 할아버지가 하라는 대로 해야죠. 후우~ 어린 내가 무슨 힘이 있겠어요. 얘들아, 수련하자.”

“허허허, 그 녀석하곤.”

뚱하게 부운 얼굴로 한숨까지 내쉬며 하는 레오의 말에 하인츠 노인은 너털웃음을 터뜨릴 수밖에 없었다. 3백 년 가까이 살아온 자신에게 다 늙은 노인네처럼 행동하는 아이의 모습이 귀여운 것은 당연지사였다.

‘하긴 뛰어놀고도 싶겠지. 어미의 품에 안겨 어리광도 부리고 싶을 것이고……’

하인츠 노인은 레오의 모습에서 측은한 마음이 일었다. 자연스럽게 감은 레오의 얼굴을 바라보는 하인츠 노인의 손이 가볍게 레오의 이마로 흘러내린 머리카락을 쓸어 넘겼다.

그러는 중에도 시간은 흐르고 명상을 마친 레오가 조금 더 유연해진 눈빛을 드러내며 눈을 떴다.

“깨어난 게냐?”

“네, 할아버지.”

“다음은 무슨 수업을 할 차례이더냐?”

하인츠 노인의 물음에 레오는 자신이 한 수업들을 중얼거리듯이 말했다.

“아침에 보우마 할아버지의 흑마법 강해를 읽었고… 지금 정령술 수업했으니까… 다음은 막시밀리안 할아버지의 검술

수업이에요."

"검술이라……. 그래, 어디 한 번 막스 형님의 검술을 펼쳐 보거라."

"네! 히히히!"

레오는 하인츠 노인의 앞에서 검술을 펼치는 것이 좋은지 냉큼 달려가 기다란 목검을 들고 왔다.

"잘 보세요, 할아버지!"

"오냐. 어서 시작하려무나."

다른 노인들은 연구에 바빠 수련을 지도감독하는 임무는 온통 하인츠 노인에게 맡겨진 상태였다.

"타앗! 비트 48식, 제1식 마이트소드!"

후웅! 쉬이잇!

빠르고 강한 검격을 시전하며 레오의 몸이 앞으로 무섭게 치고 나갔다. 막시밀리안 노인의 비전 검술을 모두 배운 레오이지만 아직 몸이 따라가지 못해 흉내만 내는 수준에 불과했다.

'허허! 대단하구나. 저 어린 아이가 펼치는 검술에 대기가 울음을 울다니…….'

나날이 성장해 가는 레오의 모습에 하인츠 노인은 흐뭇한 미소를 지었다.

레오는 하인츠 노인과의 수련을 마친 뒤 탑으로 돌아와 정령들과 놀며 시간을 보냈다.

그러나 그것도 지겨워져 심심한 마음에 길을 나섰다. 목표는 노인들이 연구하고 있는 탑의 맨 꼭대기였다.

"랄라라~"

레오는 들어보지도 못한 음률을 타며 팔짝팔짝 뛰며 탑을 올랐다. 유난히 흥에 겨운 아이의 얼굴은 할아버지들에게 자신이 오늘 이룬 배움에 대해 알려줄 기대로 가득했다. 둥글게 돌아 올라가는 탑의 계단이 힘겨울 만도 하건만 그런 생각에 거침없이 올라서는 것인지도 몰랐다.

"할아버지 저 왔어요! 막스 할아버지, 보우마 할아버지…… 응? 할아버지들은 어디 가셨나?"

레오는 할아버지들이 수련을 하는 방으로 놀러왔다. 조그만 덩치와는 어울리지 않을 정도의 목소리로 할아버지들의 이름을 불렀다. 하지만 방 안은 텅 비어 있었고 노인들이 평소에 머리를 쥐어뜯으며 연구에 골몰하고 있던 책자들이 테이블 위에 놓여 있을 뿐이었다.

고풍스런 책자는 보호마법이 걸려 있어 불이 붙어도 타지 않는 보호장치가 되어 있었다. 게다가 이 방 안은 레오를 비롯해서 이 탑 안에 사는 존재가 아니면 통과하지 못하는 공간이었다.

“저건 뭐지?”

레오는 테이블 위에 놓여 있는 책자에 시선이 고정됐다. 붉으스름한 표지를 지닌 고풍스런 책자. 그것도 두 권이나 되는 그 책자가 마음을 송두리째 잡아끈 것이었다. 그리고 그 주변을 어지럽게 장식하고 있는 십여 권의 책자는 노인들이 직접 뭔가를 쓴 것처럼 보였다.

“하! 하! 하! 이런 어려운 책이라면 또 이 레오님이 봐주셔야 할 것이군.”

레오는 양 옆구리에 손을 가져다 댄 뒤 장난스런 표정을 지어보이며 혼잣말을 했다. 누가 듣는 것은 아닐지라도 혼자만의 장난에 익숙한 것이다.

촤락!

커다란 책의 첫 장이 넘어갔다. 붉은 표지에서 느껴지는 이상한 기운에 레오의 손이 움찔거렸지만 겁이라는 것을 모르는 레오다. 이까짓 미약하고 이상한 기운 따위에 놀랄 아이가 아닌 것이다.

“윽!”

레오는 갑자기 비명을 질렀다. 책자 안에 적힌 글자는 자신이 이제까지 단 한 번도 본 적이 없는 것들이었다.

“끄응!”

레오는 손바닥으로 턱을 괴며 책자의 글자가 무엇인지 떠올려봤다. 세 살 때부터 노인들의 성화에 책을 읽기 시작한 레오였다.

그런 자신의 독서 인생에 있어서 모르는 글자가 나타났다는 것은 있어서는 안 될 일이었다. 모르면 알 때까지 파고드는 집요한 레오의 성격이 발동한 것이다.

"지렁이가 기어가는 것도 아니고 무슨 글자가 이 모양이람. 이건 꼭 사람이 서 있는 것 같은 모양이잖아."

레오는 글자의 모습을 보며 볼을 부풀렸다. 입술이 서서히 삐져나오는 것을 보며 자신이 알지 못하는 것에 대해 심통이 나는 듯했다. 그럴 즈음 문 밖에서 목소리가 들려왔다.

"저런 위험한 내용을 지니고 있을 줄은 미처 몰랐습니다."

"나도 그렇다네."

장대한 체구를 지닌 노인으로 사자의 갈기 같은 수염을 늘어뜨린 채 낮게 가라앉은 얼굴에 근심이 어려 있었다.

"할아버지! 이거 뭐에요?"

노인들은 방 안에서 들려오는 목소리에 화들짝 놀랐다. 자신들이 200년 동안 연구해 온 책이다. 그 안에 담긴 내용이 엄청난 힘을 얻는 방법을 수록하고 있었지만, 그것이 마신이 될 수도 있다는 사실에 어찌할지 논의하려 잠시 나갔다 온 참이었다.

그런 책이 놓인 곳에 레오가 뚱한 표정으로 있었으니 놀란 가슴을 진정하기 어려웠다.

"레오야!"

"너 혹시 저 책을 읽은 건 아니겠지?"

노인들이 일제히 다가와 묻는 것에 레오는 가볍게 고개를 저었다. 그러곤 입술을 삐죽 내민 채 책자를 째려봤다.

"무슨 글자가 저래요? 꼭 지렁이가 기어가는 것 같아요."

레오는 자신이 읽을 수 없는 글자라는 것에 화가 단단히 난 모양이었다. 그러나 그런 말을 듣는 노인들의 얼굴은 안심했다는 표정으로 변해 있었다.

"허허, 나중에 우리 레오가 어른이 되면 알려주려고 했단다. 그러니 지금은 봐서는 안 될 것이야. 알았니?"

장대한 체구의 사자 수염의 노인, 제일 큰할아버지라고 불리는 막스 할아버지였다. 어릴 때부터 자신과 나뭇가지를 꺾어서 만든 목검을 가지고 놀아준 할아버지로 레오가 제일 좋아하는 노인이었다.

"웅! 그럴게요."

레오는 막스 노인의 말에 표정을 풀며 대답했다. 언젠가 자신에게 알려줄 것이란 말이니 곧 배울 수 있을 거라는 것만으로 기다릴 수 있었다.

"자, 할아비들은 할 이야기가 있으니 방으로 돌아가서 놀렴. 어서."

　막스 노인의 말에 레오는 이상한 느낌을 받았다. 왠지 할아버지들이 자신을 따돌리고 있는 듯한 그런 소외감이었다. 지금까지 할아버지들과 지내오면서 처음으로 느껴보는 그런 감정에 레오는 그것이 저 지렁이 기어가는 이상한 문자로 적힌 책자 때문이라고 생각했다.

　'저거 때문에 할아버지들이 나를 보내려고 하고 있어. 치~'

　레오는 오기가 치밀었다. 저 책자의 정체를 반드시 밝혀내고 말겠다는 다짐이 새록새록 마음 한 구석에 자리 잡아 갔다.

　"레오는 이만 갈래요. 졸려요."

　할아버지들이 보내는 것이 아니라 자신이 졸려서 간다는 말로 자존심을 세우는 레오는 단단히 삐쳤음을 보여주듯 횅하니 몸을 돌려 문을 열었다. 그러곤 종종 걸음으로 방을 빠져나가 자신의 방이 있는 아래층으로 달려 내려갔다.

　레오가 뭔가 이상한 기색을 드러냈지만 글자를 읽을 수 없는 것에서 나오는 치기라 여긴 노인들은 허허로운 기운을 품어내며 웃었다.

　"허허, 녀석도 참……."

　"영리하긴 해도 아직은 어린아이라 그런 것이니 신경 쓸 것 없네. 시간이 약인 게지."

"그렇겠지요. 껄껄껄!"

노인들은 레오의 귀여운 모습에 한바탕 웃음꽃을 피우며 자리에 모여 앉았다. 그들은 레오가 봤던 그 책자를 가운데 두고 두꺼운 양피지 책자를 집어 들었다. 각자가 맡아 연구하던 내용이 기술된 것으로 일종의 해석집이라고 할 수 있을 그런 책자들이었다.

"그나저나 이 책을 한시라도 빨리 역으로 풀어야 하는데 그것이 걱정일세."

"저도 그렇게 생각합니다. 지난 이백 년 동안 연구를 거듭하면서 지금처럼 답답함을 느끼는 건 처음입니다."

"후우! 그러게 말일세. 이 책자에 적힌 내용을 순리대로 돌리는 방법이 이리도 어려울 줄이야."

노인들은 책자의 마지막을 다 풀어낸 뒤 그렇게 한숨을 쉬는 중이었다.

이천 년 전에 있었던 고대 마도제국의 멸망과 드래곤들이 학살당한 사건을 떠올렸다.

이계에서 넘어왔던 티엔마르와 다른 절대자들은 인간을 징치코자 이 땅으로 소환되었다.

그들은 대적불가의 강력한 무예로 마도제국의 마법사들과 기사들을 도륙했었다.

그리고 끝내는 멈추라는 유란의 명을 비웃으며 학살을 자행했었다. 다른 세상에서 잘살고 있던 자신들을 이 땅으로 소환시킨 신에 대한 분노의 표현이었다.

분노한 유란은 드래곤을 움직였지만 그들마저 티엔마르와 절대자들을 막지 못한 채 학살당했다.

그러나 그들을 구원한 것은 아젤리카라는 여인.

그녀의 눈물에 변심한 티엔마르로 인해 그 사건은 마무리되었었다. 다른 대적불가의 절대자들을 막아선 티엔마르, 바로 그의 무예서가 지금 자신의 손에 들려 있는 것이었다.

이제 그 결실이 눈앞에 두고 있는 시점에서 시간에 쫓기다 보니 답답함을 토로하는 것이었다.

"그보다는 다른 이계의 존재들이 남긴 것들을 바탕으로 연구가 이루어졌을 것인데 그것들을 어찌해야 할지 그것도 생각해야 합니다. 우리들의 생명이 이제 채 10년도 남지 않았는데 그 안에 회수할 수 있을지 그것도 의문이고……."

염소수염을 하고 꼭 족제비처럼 생긴 노인의 말이었다.

어딘지 모르게 음산해 보이는 기운을 풍기는 노인이라 다른 노인들과는 사뭇 다른 종류의 인간이었다.

그는 흑마법사로 마왕과 계약한 최초의 인간으로 이름을 날렸던 보우마 바란테스였다. 백마법으로 따지면 9클래스에 오른 흑마법사인 셈이었다.

"나도 그것이 걱정일세. 다행히 우리 레오가 저대로만 커

준다면 걱정을 덜 수 있을 테지만. 앞으로 또 어떤 일이 벌어질지 그것이 걱정이야."

사자갈기처럼 풍성한 수염을 쓸어내며 걱정을 늘어놓는 노인은 200년 전에 사라진 것으로 알려진 은사자 막시밀리언 대공이었다.

친우 사이에선 막스라는 애칭으로 불리는 그는 최고의 검술을 지닌 존재로 드래곤이 아니라면 그 누구도 그의 상대가 될 수 없다는 평을 들었던 절대의 실력자였다.

"이렇게 걱정들한다고 해서 저절로 일이 해결되는 것은 아닙니다. 그러니 어서 빨리 연구를 끝마치고 안전한 것을 레오에게 가르쳐야 합니다. 해서 만에 하나라도 우리가 먼저 가는 일이 생겼을 때 레오가 다른 이계의 존재들이 남긴 책자들을 회수할 수 있는 길을 만들어 주어야지요."

하인츠의 말에 다른 노인들도 동감을 표시했다. 이제 자신들의 살아갈 수 있는 나날들이라고 해봐야 채 10년이 남지 않은 상황이었다.

이제 믿을 수 있는 것은 오직 자신들의 희망이자 보배인 레오뿐이었다. 저 아이의 재질과 총기라면 능히 자신들이 죽을 때 까지 강력한 힘을 갖출 수 있을 것이다. 그러기 위해 자신들이 시간을 쪼개어가며 가르치지 않았던가.

"자자, 다시 시작하세. 우리 레오가 마기에 휩싸여 마신의 추종자가 되지 않도록 할 연구를 말일세."

"그럽시다."

노인들은 입을 모아 대답한 뒤 책자의 내용을 다시금 연구하기 시작했다. 이미 절대의 경지에 접어든 탓에 익히지만 않으면 책자의 내용에 지배되지 않기에 할 수 있는 일이었다.

만약 정신력이 낮은 사람이 이를 봤다면 그대로 마기에 휩싸여 악마로 거듭날 것이 분명한 내용, 그들이 연구하는 것은 바로 그런 것이다.

Chapter **02**
사고

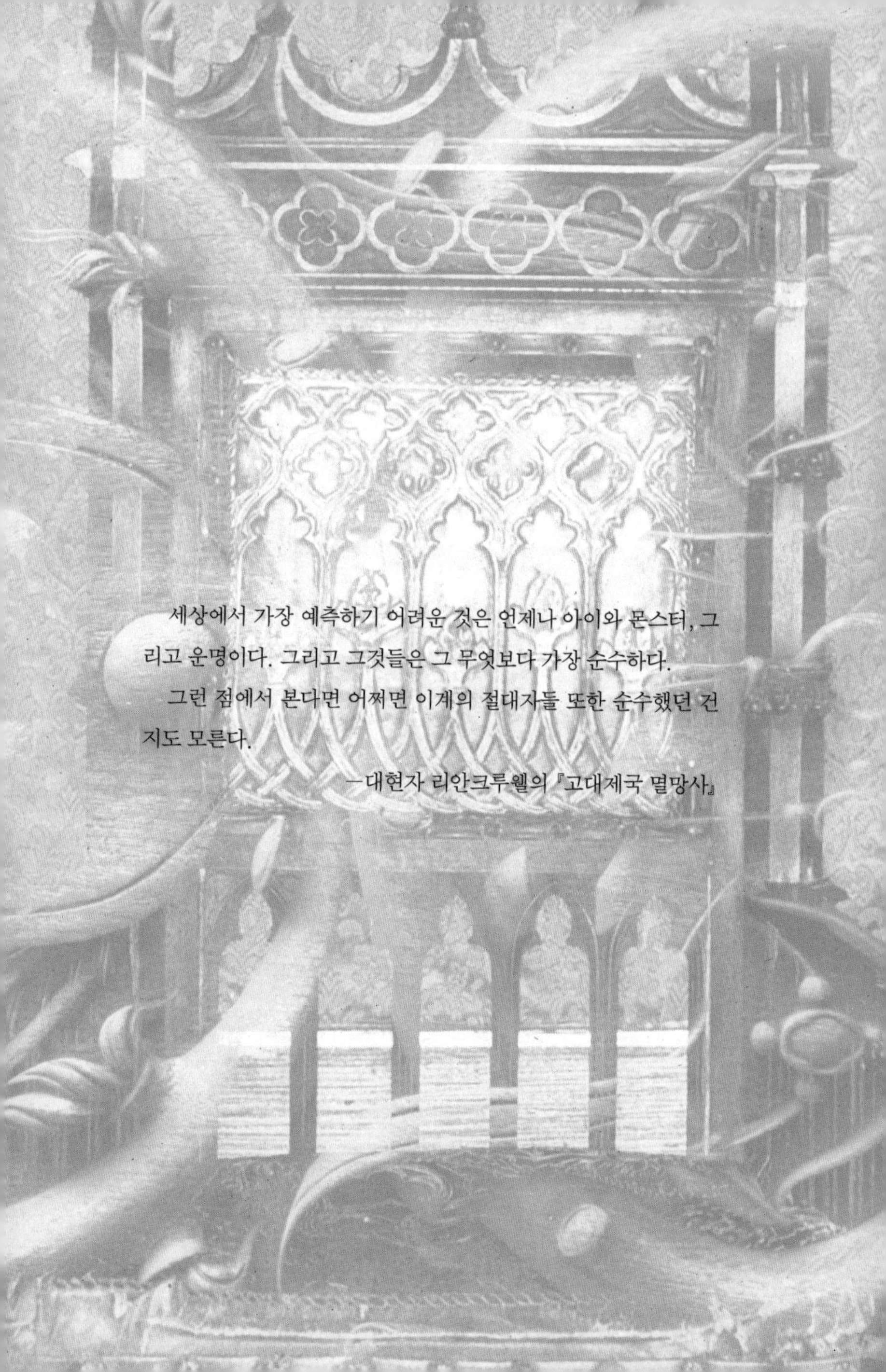

세상에서 가장 예측하기 어려운 것은 언제나 아이와 몬스터, 그리고 운명이다. 그리고 그것들은 그 무엇보다 가장 순수하다.

그런 점에서 본다면 어쩌면 이계의 절대자들 또한 순수했던 건지도 모른다.

—대현자 리안크루웰의 『고대제국 멸망사』

스르르륵!

어둠이 깊게 내린 탑의 복도에 은밀하게 움직이는 작은 몸집의 존재가 누구에게 들키지 않으려는 듯 조심조심 이동했다. 목표는 탑의 최상층에 있는 막스 노인들의 연구실이었다.

'오늘 밤 내가 읽지 못하는 그 지렁이 글자가 무엇인지 꼭 밝혀내고 말테다.'

레오는 그 지렁이 기어가는 책자의 내용이 궁금하여 밤잠을 자지 못하자 그대로 방을 빠져나와 은밀하게 움직였다. 노인들과 자신밖에 살지 않는 탑이었고 아드리아 등은 연구실에 들어갈 수 없는 존재들이었다.

그러니 노인들이 잠이 든 지금 시간이라면 누구에게도 들키지 않고 연구실의 그 책자를 볼 수 있을 터였다.

'조심조심.'

발꿈치를 들어 최대한 소리가 나지 않게 만든 뒤 레오는 종종걸음으로 탑의 계단을 걸어 올라갔다.

"역시."

레오는 연구실 안의 불이 꺼져 있고 인적이 느껴지지 않는 것에 의기양양한 미소를 지으며 고개를 끄덕였다. 자신의 생각이 맞은 것이 스스로 대견스러운 모양이다.

끼이익!

최대한 소리가 나지 않게 문을 열었지만 수백 년이 지나 녹이 많이 슬어 있는 관계로 요란한 소음을 내며 열렸다. 강하고 빠르게 열었다면 오히려 그 소리가 덜 들렸을 것이지만 레오는 마음이 조마조마하여 뒤로 연신 돌아보면 노인들이 올라오는 것은 아닌지 살폈다.

"후우!"

다행히 노인들은 올라오지 않았다. 하긴 어린 레오밖에 올라갈 수 없는 연구실이니 노인들도 설마 하는 마음이었을 것이다.

"감히 이 레오님이 모르는 글자란 말이지?"

레오는 그 책자가 있던 곳으로 걸음을 옮겼다. 불이 켜지지 않은 상황이라 상당히 어두웠지만 레오는 망설임없이 테이블이 놓인 곳으로 향했다.

"라이트!"

팟!

레오가 테이블 앞에 이르자 가볍게 외쳤다. 그러자 레오의 머리 위로 생겨난 빛이 방 안을 환하게 밝혀주었다.

"어디보자."

레오는 테이블 위에 반듯하게 정리된 책을 집어 들었다. 할아버지들이 쓴 해석집들이 보였지만 일단 자신이 알아보지 못한 책을 먼저 집어 드는 것으로 시작했다. 안 될 때 안 될 망정 처음부터 물러서는 것은 직성이 풀리지 않는다는 오기에 가까운 행동인 셈이다.

"히야! 정말 누가 이런 문자를 만든 걸까?"

어린아이의 치기 어린 얼굴에 떠오른 것은 귀여움을 자아내는 탄성이었다.

레오는 몇 줄이 지나도록 같은 모양의 글자가 나오지 않는 것에 신기하기만 했다.

"응? 이건 뭐지?"

레오의 눈을 잡아끈 것은 책자를 몇 장 넘기자 나타난 사람이 앉아 있는 그림이었다. 그 그림은 뭔가 기이한 자세를 취하고 있었는데 다리를 꼬고 앉아 기도하듯 손을 모은 채 눈을 감고 있는 모습이었다.

그리고 그 그림들이 페이지를 넘길 때마다 각기 다른 자세를 취하고 있는 것이 이색적이었다. 게다가 자세를 취하고 있는 사람의 그림에 찍어진 점들이 각기 달라 뭔가를 나타내는 것만 같았다.

"음……. 왜 이런 자세를 하고 있을까? 힘들 것 같은데……."

레오는 그림을 눈여겨보며 머릿속에 하나씩 새겨 넣었다. 그것이 무엇을 의미하는지도 모른 채 저절로 이루어진 것인데 나중에 불러올 화근이라는 것도 모른 채 희희낙락하는 모습이었다.

사락!

한참이 흐른 뒤 그림들을 빠르게 넘기며 그림에 빠져들어가는 레오의 눈이 멍하게 풀리기 시작했다. 자신의 의식과는 상관없이 그림이 자신을 부르는 듯한 환상에 사로잡혀 책장을 넘기는 것도 모른 채였다.

"이크!"

레오는 마지막 그림을 다 보고 나자 그 환상 속에서 빠져나왔다. 그러자 자신도 모르게 탄성을 터뜨리며 자신이 무엇을 했는지 놀란 얼굴로 책자를 바라봤다.

"이렇게 하는 거였나?"

레오는 참을 수 없는 유혹에 머릿속을 맴돌고 있는 그 그림
의 자세를 따라하려 했다. 한 번도 해보지 않았던 이상한 자
세를 취하며 앉았다.

"마나를 모으는 명상법인가? 근데 왜 이리 힘들게 모은담.
편한 자세는 얼마든지 많은데."

레오는 불평이 자신도 모르게 흘러나왔지만 책에 나와 있
는 그림대로 자세를 취한 뒤 두 손을 모았다. 합장하듯 모은
자세로 그림에 찍혀 있는 점들을 떠올렸다. 그 점들이 무엇을
의미하는지 자신도 모르는 상태였지만 자연스럽게 행동들이
이루어지고 있었다.

"……."

한동안의 정적이 흘렀지만 아무런 조짐도 보이지 않자 레
오는 고개를 갸웃거렸다. 자신이 하고 있는 것이 그림에 나오
는 것처럼 제대로 하고 있는 것인지 그것도 알지 못하니 답답
하고 슬슬 재미가 없어졌다.

"내가 잘못하고 있는 건가?"

한참 동안 자신이 뭘 잘못하고 있는지 궁리하던 레오는
그림이 그려진 첫 장의 점들을 떠올렸다. 그리고 그 부위에
힘을 주어보았다.

"흡!"

갑작스럽게 호흡이 격해지고 힘을 준 부위로 마나가 움직이는 것에 레오는 당황했다. 이런 움직임이 일어나리라곤 어린 레오가 예측할 수 없었음은 당연한 일이었다.

"으으!"

레오는 이를 악물고 호흡을 조절했다. 자신도 모르게 떠오르는 그림의 점들로 마나가 폭발적인 기세로 이루어졌다.

툭! 투툭!

몸 안에서 뭔가가 끊어지는 소리가 울렸다. 그러곤 레오의 몸을 감싸고 있던 실크로 만들어진 블라우스가 나풀거리며 부풀어 올랐다. 레오의 몸에서 밀려나오는 힘에 의해 브라우스가 찢어질 듯 팽팽하게 변하는 것은 순식간에 일어난 일이었다.

"무슨 일이냐?"

놀란 음성으로 달려오는 막스 할아버지의 음성에 레오는 사력을 다해 입을 열려고 했지만 입은 벙긋거려지지도 않은 채 몸 안의 마나가 요동치는 것에 고통스러워했다.

"레오야! 어떻게 된 일이냐? 응?"

막스 노인은 레오가 자신들이 연구하고 있는 그 절대자가 남긴 책자의 자세를 취하고 있는 것에 경악했다. 절대 익혀서는 안 될 내용을 어린 레오가 호기심에 본 것임을 깨달은 것이다.

"으으!"

입을 벙긋거리려고 하는 것은 알 수 있었지만 그것은 그대로 신음으로 들려올 뿐 어린 레오의 얼굴이 붉게 변한 채 금방이라도 터져나갈 것 같았다.

"레오야!"

막스 노인은 어떻게 할지 엄두가 나질 않았다. 강제로 하자니 레오가 하는 것이 마나에 의해 이루어지는 것이라 죽지 않으면 폐인이 될 수도 있어 멈추게 할 수도 없었다.

"이게 어떻게 된 일입니까?"

막스가 발을 동동 굴리고 있는 동안 다른 노인들이 달려왔다. 그들의 얼굴에 떠오른 의문은 어린 레오를 보는 것으로 풀렸다.

"큰일이군요."

"어떻게 해야 합니까?"

노인들은 서로를 바라보며 방법을 물었다. 이제 마기를 제거하는 방법을 연구하고 있던 참이었다. 그러니 자신들이 연구한 것이 혈의 자리라는 걸 알고는 있었다. 그 길로 마나를 움직여 몸 안에 다른 마나의 집합체를 형성하는 방법이 담긴 것 또한 알고 있었다.

단지 그것이 엄청난 기운의 마기라는 사실에 그들이 연구를 중단하고 마기를 없애는 것으로 연구방향을 선회하게 만든 것이었다.

"갈라스! 방법이 없겠는가?"

갈라스 노인은 8클래스를 이룬 마법사로 마나홀에 대한 것만큼은 이들 중에서 제일 해박한 지식을 갖추고 있다고 해야 했다. 그러니 다른 노인들의 이목이 갈라스 노인에게 쏠린 것이 당연지사.

"방법은… 후우!"

갈라스는 자신이 연구하며 깨달은 그 방법이 실제로 이루어질 수 있는 내용인지 확신할 수 없었다. 다만 저 어린 레오가 마기에 휩싸인 채 죽어가는 것을 지켜볼 수는 없는 일이라 곧바로 입을 열었다.

"우리가 연구하고 있던 것을 생각하십시오. 역으로 마나길을 돌리는 겁니다. 레오의 몸에 흐르고 있는 마나보다 월등히 강한 힘으로 되돌리면 저 아이의 본능에 의해 움직이는 티엔마르의 힘을 누를 수 있을 겁니다. 그렇게 한 뒤 완전하진 않지만 연구한 대로 바른 마나길을 열어주는 겁니다."

"그게 가능하겠는가?"

"불가능해 보이긴 해도 우리들도 저 책자의 내용을 알고 있고 그 마나가 흐르는 길에 대한 것도 알고 있지 않습니까. 그러니 그 길을 따라 우리의 마나를 불어넣으면 가능할 겁니다. 마나홀과 같은 원리로 이루어진 것이니 완성되면 레오가 위험할 일은 없습니다. 어떻게 하시겠습니까?"

갈라스 노인은 다른 노인들을 바라보며 물었다. 밭고랑처럼 깊게 패인 갈라스 노인의 이마 주름이 한층 더 깊어져 있는 것을 본 다른 노인들은 그가 레오를 얼마나 걱정하는지 느낄 수 있었다. 그리고 그것은 자신들도 마찬가지기 때문에 결정을 내릴 수 있었다.

"하겠네."

"나도 하겠소."

노인들이 하겠다는 말을 하며 갈라스 노인을 응시하자 갈라스는 찬찬히 고개를 끄덕였다. 그리고 조심스럽게 자신이 염려하고 있는 바를 이야기했다.

"단지, 우리가 그렇게 하면 레오는 살릴 수 있지만 우리는 죽게 될 겁니다. 우리가 지금까지 버틸 수 있었던 것이 각자가 몸 안에 쌓은 막대한 마나로 인해 인체가 재구성됐기 때문인데 레오에게 마나를 불어넣으면 그 근간인 마나가 사라지게 될 것이기 때문입니다."

"괜찮네. 어차피 죽을 목숨일세. 아까울 것은 없네. 다만 우리 레오가 이룰 성취를 보지 못하는 것이 아쉬울 뿐이네."

"허허! 형님도 같은 생각이시구려."

노인들이 서로를 응시하며 따뜻한 눈빛을 나눴다. 그 눈빛에는 그간 나눴던 정에 대한 것이 흘러나오고 있었다.

"바란테스, 자네는 빠지게 우리만 해도 충분할 것이니 뒷일을 맡아주게."

막스가 바란테스 노인에게 뒷일을 맡아달라는 말을 하며 바란테스의 어깨를 짚었다. 깊은 신뢰가 담긴 그의 말에 바란테스는 고개를 저었다.

흑마법사는 계약한 마족의 권능을 빌려 쓰는 조건으로 힘을 유지하는 존재였다. 그 계약된 시간이 끝나가고 있는 상황이니 오히려 자신이 나서서 해야 할 일이었다.

"내가 하겠소. 어차피 내게 남겨진 시간은 채 2년이 되지 않으니 오히려 하인츠가 남는 것이 좋을 것이오."

"형님!!"

"하인츠, 자네가 남게. 내게 주어진 시간은 2년이 채 안 남았어. 그러니 저 어린 레오를 두고 갈수는 없는 일 아닌가. 누군가 저 아이가 어른이 될 때까지는 옆에 있어 주어야지. 안 그런가?"

"그, 그건……."

하인츠는 자신에게 남으라는 말을 하는 바란테스를 응시하며 눈시울을 붉혔다.

200년을 넘게 살아 온 인물들이지만 그들이 지금까지 모든 인생을 바쳐서 했던 그 노력들의 완성을 눈앞에 두고 있었다. 조그만 부주의로 이런 사태가 벌어진 것이 안타까울 뿐이었다.

하지만 어쩌겠는가? 일은 이미 벌어졌고, 남은 것은 한 사람이 남아 마기를 없애 순화된 무예를 레오에게 전해주는 수밖에.

"어서 대답하시게."

"알겠습니다. 제가… 제가 남겠습니다. 반드시 우리가 이루려고 했던 것을 완성하여 레오에게 전해주겠습니다."

"고맙네. 형님들 어서 시작합시다. 우리 레오가 너무 고통스러워 하는구려."

"그러세."

하인츠를 제외한 세 노인은 레오의 주위에 자세를 잡고 앉았다. 지난 200년간 이계의 존재가 남긴 그 극악의 무예를 순화시키는 연구를 거듭했고 이제 그 결실을 목전에 두고 있던 참이었다.

비록 완벽하게는 아닐지라도 레오의 몸에 흐르고 있는 그 마신의 기운을 순화시켜 역으로 돌릴 수 있기만을 간절히 바라는 마음들이었다.

"시작하세!"

"네, 형님!"

막스의 신호에 따라 세 사람은 서로의 몸에 담겨 있는 마나를 장심으로 모았다. 그리고 그 장심을 고통으로 온몸을 부들

부들 떨고 있는 레오의 몸에 대며 부드럽게 마나를 체내로 밀어 넣었다.

"헙!"

"읍!"

노인들은 레오의 몸에서 흘러나오는 반탄력에 고통스러워했다. 하지만 절대 입을 벌려 마나를 밖으로 흘러나가게 해서는 안 된다는 절체절명의 순간임을 떠올리며 굳게 입을 다물었다.

'아우들 조금만 더 힘을 내시게. 조금만 더…….'

막스는 푸르게 물들인 손으로 레오의 등에 손을 밀착시킨 채 무예서에 나와 있는 마나의 흐름에 역행하는 길로 레오의 마나를 인도했다.

강한 저항을 보이는 레오의 마나길은 쉽게 열릴 것 같지 않았지만 결국은 세 사람의 막대한 마나의 힘에 굴복하고 길을 열어주기 시작했다.

웅웅웅!

레오의 몸을 역행하는 마나길을 따라 전신에 어리던 붉은 빛이 차츰 노인들의 몸에서 흘러나오는 마나의 빛에 의해 옅어졌다. 종국에는 붉은 빛은 사라지고 푸름과 검은 빛만이 남아 레오의 전신을 휘감았다.

"레오야! 지금부터 이 할애비가 하는 말을 잘 들어라. 아무리 고통스러워도 입을 벌려서는 안 된다. 알겠니?"

말은 하지 않았지만 어린 레오의 눈이 살짝 떠지며 하인츠의 말에 반응을 보였다.

신이 만든 인형이 고통으로 일그러진 것이란 착각을 보일 그 모습에 하인츠는 마음이 아팠다. 하지만 마나가 적은 레오인지라 쉽게 그 힘이 제압당하고 진정될 것이라 여겨졌다.

그리고 잘하면 형님들도 목숨을 건질 수 있을 것이란 생각에 하인츠는 두 손에 땀을 흘리며 레오와 다른 세 노인을 열심히 응원했다.

"먼저 수태음폐경(手太陰肺經)!"

십이경락의 맨 처음 기운이 흘러가는 길을 외치는 하인츠의 외침에 따라 수태음폐경 경락의 흐름을 따라 노인들의 손길이 이루어졌다. 그 이름의 뜻이 무엇인지는 알지만 정확한 명칭은 그들도 잘 모르고 있었다.

"다음 수양명대장경(手陽明大場經)!"

하인츠의 외침에 따라 그 손길이 바빠지고 노인들의 이마에는 굵은 땀방울이 흘러내렸다.

노인들이 힘겨워 하는 만큼 어린 레오의 얼굴은 그 신색이 평온하게 변하고 고통스러움에서 벗어난 모습을 보였다.

"…마지막 대맥(大脈)!"

하인츠의 마지막 외침을 따라 십이경락을 거쳐 기경팔맥

의 모든 길을 완벽하게 순환시키는 것이 끝났다.

세 노인이 레오의 모든 기운의 흐름을 인도하자 레오는 완벽하게 본래의 모습을 보였다.

천마신공을 비롯한 마공이 대부분 그렇듯 기혈의 흐름을 역행하여 내기를 흐르게 하여 힘을 얻어낸다. 그리고 그것으로 인해 인성이 변하여 마성에 빠지게 되는 결과를 얻는다.

한 번 역행하는 흐름을 가지게 된 기혈은 이렇게 강한 힘으로 원래대로 돌려주지 않으면 평생을 그 굴레에서 벗어나지 못하는 결과를 초래할 뿐이었다.

이제 레오에게 그런 사태는 벌어지지 않을 것이라 생각하자 하인츠는 가슴을 쓸어내리며 고개를 주억거렸다.

"커억!"

주루룩!

입가를 타고 내리는 검붉은 핏물은 막스 노인과 다른 두 노인에게서도 동시에 흘러내렸다.

죽음을 알리는 그 탁한 기운이 가득한 피를 보며 하인츠는 쓸어내리던 손길을 멈추고 어깨를 들썩였다. 모든 마나를 끌어 올려 레오의 몸으로 불어넣은 세 노인이었다.

그것이 자신들은 모르고 있었지만 생명의 기운과 같은 생명지기까지 같이 불어넣은 것이었다. 해서 벌어진 결과가 지금 눈앞에 나타나고 있었다.

나이가 많은 것은 알았지만 피부가 팽팽하여 그 나이를 짐
작하지 못하게 했던 그들이었다. 원래의 나이로 돌아왔는지
얼굴에 뒤덮인 주름과 검버섯이 가득했고 풍염하게 나 있던
수염은 어느새 그 빛깔을 잃고 바닥으로 떨어져 내렸다.

"혀, 형님들……."

하인츠는 머리가 텅 비어졌다. 형님, 동생을 찾기엔 너무
나이가 많은 자신들이었다.

200년의 시간 동안 오직 한 가지 일을 같이해 온 동지였고
이 대륙을 걱정하던 마지막 자존심들이었다. 그런 친구요, 평
생의 동지들이 지금 죽어가는 것이다.

자신의 눈앞에서 그런 일을 겪어내기란 하늘을 원망할 수
밖에 없었다.

"흐으으! 형님들!!"

하인츠는 비통을 감추지 못하고 울부짖었다. 눈에서 흘러
내리는 눈물로 인해 형님들의 마지막 모습을 보지 못할까 두
려워 서둘러 소매로 눈물을 닦아냈다. 하지만 다시금 흘러내
리는 눈물은 금세 시야를 뿌옇게 가렸다.

"하, 하인츠……."

"형님!"

막스가 힘겹게 내미는 손은 생명의 기운이 모두 빠져나가
푸석푸석해져 있었다. 하지만 그 손은 이 세상 그 어떤 아름

다운 손보다 더 정겨운 손이었고 사랑을 남긴 손이었다.

"말씀하지 마시고 잠시만 기다리십시오. 형님!"

하인츠는 막스의 손을 붙잡은 채 얼른 마나를 끌어 올렸다. 그 마나를 막스에게 불어넣어 조금이라도 생명을 연장시키려 하는 그의 행동에 막스의 늙어버린 얼굴에 미소가 어렸다.

"이미 늦었네."

아까보다는 훨씬 평온해진 그의 말에는 정정함이 어렸다. 그러자 그것이 무엇인지 깨달은 하인츠의 눈엔 다시 눈물이 흘러내렸다. 회광반조라 말하는 현상이 지금 막스 등의 노인들에게서 나타나고 있었다.

붉은 태양이 서편으로 완전히 지기 직전 마지막 힘을 다해 빛을 뿜어내는, 그 찬란한 아름다움인 것이다.

"시간이 없네. 잘 듣게. 우리가 풀어놓은 그 무예서의 내용을 머릿속에 기억하고 있는 레오일세. 그러니 우리가 역으로 돌려놓은 그 내용을 완성하여 그 힘을 뒤집을 수 있도록 해야 할 걸세. 그렇지 않으면 레오의 몸에 흐르는 마나길을 잡아놓은 것이 시간이 지날수록 다시 역으로 돌아갈 것이 분명하네. 명심하게."

"아, 알겠습니다. 반드시 완성하여 역으로 돌려놓은 무예를 레오에게 가르치겠습니다. 걱정하지 마십시오."

깍듯하게 예우를 하는 하인츠를 보며 막스 노인은 그라면 반드시 해줄 것이라 믿었다. 그래서인지 자신들의 선택에 후회는 없었다. 오히려 죽은 듯이 자고 있는 레오의 얼굴을 다시 보지 못한다는 것이 아쉬움으로 남을 뿐이었다.

"허허! 잘 자는구먼……."

"우리의 손자인데 어련하겠습니까? 허허허!"

세 노인은 마지막 불꽃을 화려하게 피워내듯 호탕한 웃음을 터뜨렸다. 그러다 어느 순간 그들의 미소가 가득한 얼굴에서 소리가 멎어버렸다.

죽음을 알리는 적막에 하인츠는 눈을 감았다. 소리없이 흐느껴 우는 하인츠의 어깨 위로 탑의 창문으로 스며드는 햇빛이 내려앉았다. 옛 세대의 사람들은 가고 이제 레오의 시대가 왔음을 알리는 그 빛이 더욱 서러운 하인츠였다.

3년 뒤!

"할아버지, 조금 쉬면 안 될까요?"

이젠 소년의 티를 벗고 꽤 커다란 체구를 지닌 레오가 기마자세를 한 채 양팔에 묵직한 쇳덩이를 찬 채 누군가를 바라봤다.

레오의 시선이 머무는 곳에는 단정하게 수염을 늘어뜨리고 작은 책상에 놓인 책을 보고 앉아 있던 하인츠가 고개를 들었다.

하인츠의 얼굴엔 단호함이 어리고 굳게 닫혀 있던 입이 벼락처럼 열렸다.

"이놈! 아직 세 시간도 흐르지 않았는데 벌써 농땡이를 부리려는 게냐? 이 녀석 내가 보지 않는다고 팔을 아주 내리고 놀고 있구나. 어서 들어 올리지 못해? 벌로 두 시간 더 연장이다."

하인츠의 불호령에 레오는 찔끔거리며 다시 팔을 치켜세웠다.

"으윽……."

아무리 수련을 해도 이 무거운 쇳덩이를 손목과 발목에 찬 채 하는 것은 익숙해지지 않았다. 근육도 제법 자라 어지간한 무게는 공깃돌 던지듯 들어올릴 수 있다지만 이것들은 그 힘이 커지는 만큼 그 무게가 늘어났다.

"십이경락과 기경팔맥으로 원활하게 흐름을 인도해라. 하지만 절대 마나를 일으켜서는 아니 된다. 알았느냐?"

"네, 할아버지."

레오는 자신으로 인해 세 할아버지가 돌아가신 후로 풀이 많이 죽어 있었다. 그때 하인츠가 어깨를 다독이며 세 노인의 유언이라며 들려준 이야기에 필사적인 수련을 하고 있었다.

그 유언을 이루기 위해선 무엇보다 힘이 필요했고 그 힘은 수련을 통해서만이 얻을 수 있었다.

　레오는 팔에 감각이 없을 정도로 아픈 상황에서도 이를 악물고 팔을 들어 올렸다.

　"잘 들어라. 지금 네가 익히고 있는 것은 우리가 연구하여 그 힘을 순화시킨 것으로 본래의 위력에 비하면 많이 약해진 것이 사실이다. 그래도 그 위력이라고 하는 것이 이 대륙의 능력에 비한다면 하늘과 땅 차이라 해야 할 것이다."

　"네……."

　"하지만 그것이 무적이라 할 수는 없다. 마나라는 것은 언제나 그 양이 정해져 있는 것이고 강한 힘을 쓸수록 그에 비례하여 빠르게 소모되는 것도 사실이다. 그래서 그 힘을 사용할 때 최대한 효율적으로 사용해야 한다. 지금 하는 수련들은 근력을 키우는 목적도 있지만 가장 큰 것이 그 효율을 최대로 만들기 위함임을 잊지 말고 항상 몸에 흐르는 기운을 느끼고 잘 통제해야 할 것이야."

　"명심하겠습니다."

　레오는 하인츠의 말을 가슴속에 새기며 근육을 지탱하는 기운을 고르게 만들려 노력했다. 그런 노력이 이루어지자 조금씩 고통이 사라지고 몸의 근육이 편안해짐을 느꼈다.

　"나는 할 일이 있어서 그러니 게으름 부리지 말고 수련할 때 전력을 다하렴."

　"네, 할아버지."

레오는 하인츠가 다시 책자에 골몰하는 모습을 보고 더욱
열심히 해야 한다고 생각했다. 그가 하는 연구가 자신을 위해
하는 것임을 알고 있는 이상 게으름을 부린다는 것은 곧 할아
버지를 배신하는 것과 다를 바 없다는 생각이 그의 수련에 박
차를 가하게 만들었다.

Chapter 03
수련

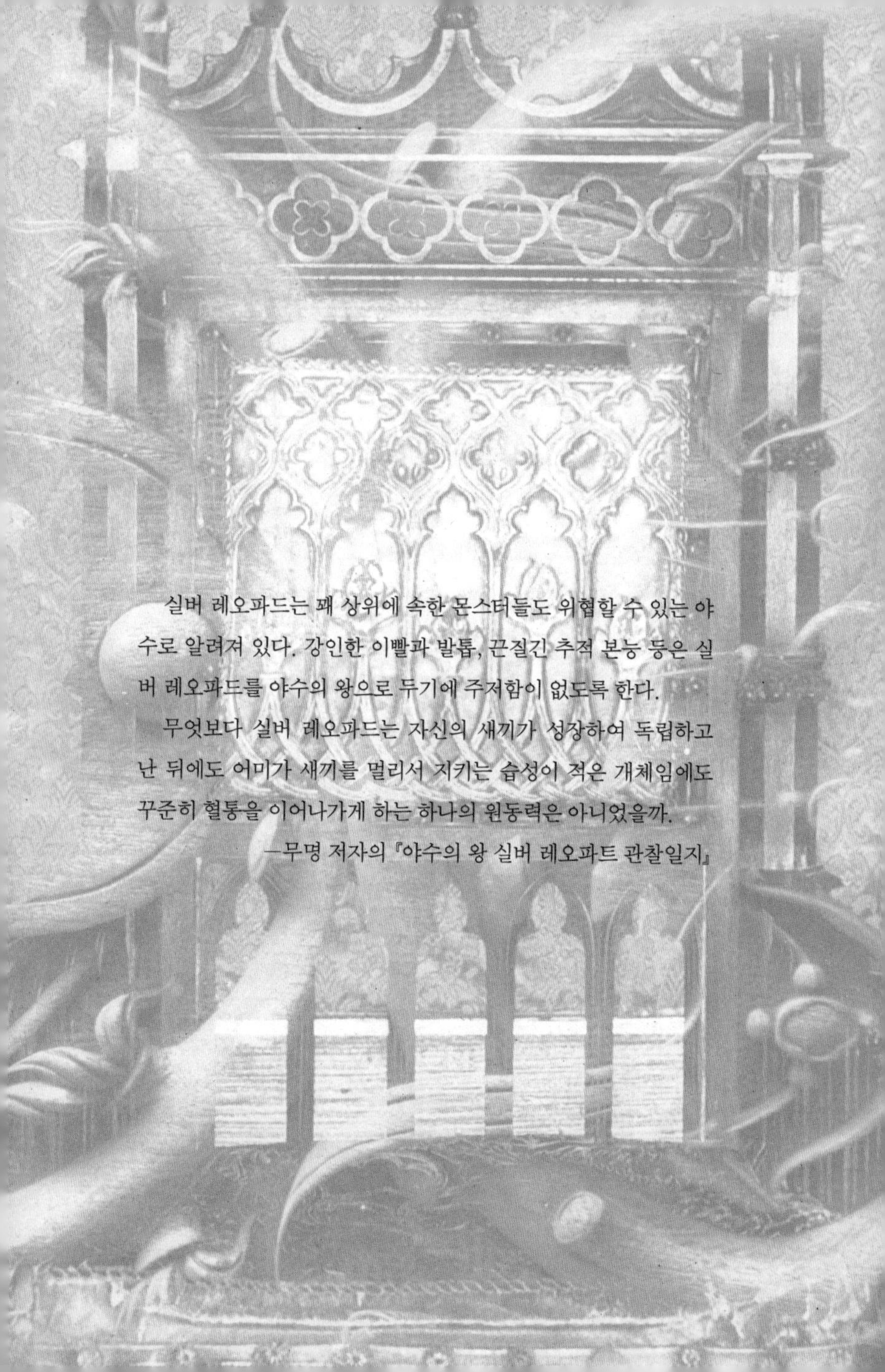

　　실버 레오파드는 꽤 상위에 속한 몬스터들도 위협할 수 있는 야수로 알려져 있다. 강인한 이빨과 발톱, 끈질긴 추적 본능 등은 실버 레오파드를 야수의 왕으로 두기에 주저함이 없도록 한다.

　　무엇보다 실버 레오파드는 자신의 새끼가 성장하여 독립하고 난 뒤에도 어미가 새끼를 멀리서 지키는 습성이 적은 개체임에도 꾸준히 혈통을 이어나가게 하는 하나의 원동력은 아니었을까.

—무명 저자의 『야수의 왕 실버 레오파트 관찰일지』

　하인츠가 안으로 들어가고 홀로 남아 수련을 하는 레오는 양의 기운이 충만한 태양의 힘을 받아들여 몸 안으로 모았다. 점점 뜨거워지는 온몸의 혈관이 팽팽하게 부풀어 오르는 기분을 느낄 때 유난히 오감이 민감해지는 것을 느꼈다.

　'이상하게 멀리까지 소리가 들리네. 뭔 일이지?

　이유를 알 수는 없었지만 싫지만은 않은 그 느낌에 숲의 멀리 떨어진 곳까지 귀를 기울였다.

　―캬우우우!

　―크허허엉!

야수의 울부짖음과 몬스터의 포효 소리가 살기등등하게 들려왔다. 자신의 이름이 된 레오파드는 아기일 때 할아버지들이 구하면서 지은 이름이라 했었다.

그것이 야수인 실버 레오파드에 의해 구해진 덕분이라 했고 레오는 야수들에게 은근한 고마움을 느끼곤 했다.

그 야수가 몬스터의 공격을 받고 있는 것이라 여기자 수련을 멈추고 말았다. 자연스럽게 옆에 세워놓은 목검에 손이 간 레오는 손잡이를 쥔 손에 힘을 주며 그 소리가 난 곳으로 달려갔다.

휘익!

"캬아아!"

새끼를 보호하려는 어미의 몸부림은 처절할 뿐이었다. 3미터가 넘는 거대한 몬스터인 오우거의 우왁스런 힘 앞에 이미 한쪽 다리는 부러져 절룩거리고 있었다.

"멈춰!"

은빛의 야수를 본 레오는 눈에 쌍심지를 켜고 달려들었다. 자신을 구한 것이 변종의 은빛 레오파드임을 잘 알고 있었다.

그런데 지금 오우거의 공격으로부터 새끼를 보호하기 위해 사력을 다하고 있는 것은 다름 아닌 은빛의 변종 레오파드였다.

송곳니를 길게 뻗어낸 채 두려움에 떨고 있는 레오파드의 모습을 보였다.

자신을 구한 그 야수임을 알아본 레오는 불같은 기세를 뿜어내며 오우거에게 돌진해 들어갔다.

"대시!"

작은 몸집의 열세 살 소년의 움직임이라고는 믿기 어려운 동작이 펼쳐졌다. 미끄러지듯 앞으로 튀어나간 레오의 손에 들린 목검이 번개처럼 휘둘러지며 오우거의 무릎을 후려 갔다.

퍼걱!

"크아아아!"

뼈가 으스러지는 소리를 내며 오우거는 괴로워했다. 어린 아이의 모습에 별스런 위협을 느끼지 못했던 오우거는 괴성을 지르며 팔을 휘저었다.

손에 들린 거대한 몽둥이가 공중에서 붕붕거리는 소리를 내며 레오를 위협하자 레오는 서둘러 몸을 뺐다.

'무식한 힘이야……'

레오는 아까의 공격이 성공한 것이 요행이었다는 것을 깨닫자 신중해졌다.

오우거의 힘은 책에서 본 바로는 집채만 한 나무를 뿌리째 뽑고 악력으로 트롤의 머리통을 부술 정도라고 했었다. 그런 몬스터와 상대하는 것이니 신중에 신중을 기해야만 했다.

쿵쿵쿵쿵!

육중한 몸동작을 선보이며 달려오는 오우거는 레오의 몸집보다 더 커 보이는 몽둥이를 수직으로 내려쳤다.

압도적인 힘의 차이에서 나오는 그 공격에 레오는 뒤로 물러나기보다는 전진을 선택했다.

큰 몸집의 약점은 근접전에 약하다는 것을 누누이 막스 노인에게 들어온 레오의 선택이었다.

스팟!

"크허어엉!"

목검이 오우거의 옆구리를 가격하고 스쳐 지나갔다. 그러자 오우거는 괴성을 지르며 몸을 돌렸다.

화가 단단히 난 것을 말해주는 그 괴성에 레오는 빠르게 앞으로 전진하며 거리를 벌렸다.

"크앗!"

오우거는 속도로는 도저히 레오를 따라갈 수 없을 것 같자 주위에 널린 바위를 집어 들었다.

무식한 놈의 힘은 어린아이의 머리통만 한 바위를 공깃돌 돌리듯 하고 있었다.

피잇!

레오를 향해 집어던지자 바위는 무섭게 날아들었다. 괴력

의 오우거가 던지는 것이라 가벼운 동작에도 보통의 사람은
피해낼 엄두를 내지 못할 정도의 속도로 날아들었다.

"이런……."

레오는 검술로만 상대할 수 없는 괴물이라 여기고 서둘러
전략을 바꿨다.

"실드!"

후웅! 지이잉!

둥글게 쳐지는 방어막이 완성되자 그 위로 바위가 날아들
었다. 엄청난 물리력을 지닌 공격이라 그런지 실드에 부딪치
자 실드가 깨어질 듯 흔들거렸다.

"이거나 먹어! 라이트닝볼트!"

파츠측!

레오가 손을 뻗어내며 작은 번개를 만들어 집어 던졌다. 십
여 개의 번개가 오우거를 향해 날아가자 녀석은 위협을 느꼈
는지 두 팔로 얼굴을 가리며 몸을 숙였다.

"크허허헝!"

번개에 맞은 오우거를 짜릿한 고통에 비명을 질렀다. 계속
해서 이어지는 마법 공격을 해결할 방법을 찾지 못하자 오우
거는 옆에 있는 나무를 봤다.

"우가!"

육중한 근육을 꿈틀거리는 놈은 마법 공격이 아픔을 줄지

언정 생명에는 지장을 주지 못한다고 여겼는지 레오의 공격은 무시한 채 나무를 움켜잡았다. 그리고 우왁스럽게 나무를 뽑아낸 녀석은 그 거대한 나무를 회초리 삼아 휘둘렀다.

"말도 안 돼."

레오는 아무리 힘이 좋아도 사람의 허리 굵기를 넘어선 나무를 뽑아 휘두르는 것이 가능할까 하는 생각에 몸이 굳어버렸다. 하지만 밀려드는 오우거의 공격에 퍼뜩 정신을 차린 레오는 서둘러 그 공격 범위를 벗어났다.

이제는 마법 공격도 나무에 막혀 오우거에게 직접 타격을 주지 못할 것이니 환장할 노릇이었다.

만약 진검이라도 가지고 있었다면 오우거를 벨 수 있겠지만 지금 가진 것은 목검뿐이었다.

너무도 약해 보이기만 하는 목검으로는 오우거의 두꺼운 가죽을 뚫고 상처를 입힐 수는 없었다.

'불가능해. 은빛의 레오파드도 새끼들을 데리고 도망간 것 같으니 이만 물러날까?

스스로 약해지는 레오는 점점 위축되는 자신을 느꼈다. 애써 부정해 보려 했지만 오우거를 상대하기엔 아직 자신의 힘이 많이 모자란다고 생각했다.

'아니야! 막스 할아버지는 사내는 죽어도 전투에서 물러서서는 안 된다고 하셨어. 그것이 죽음에 이르는 길이 될 지라

도…….'

막스 노인의 평소 가르침을 생각하자 레오는 모든 힘을 손에 들고 있는 검에 실었다.

아직은 작고 여린 손이지만 어릴 때부터 최강의 기사라고 불리던 막스 노인에게 배운 실력이었다.

그 실력을 자신 스스로 부정한다면 막스 노인을 부정하는 것과 다르지 않다는 생각이 들었다.

그러나 자신이 낼 수 있는 힘보다 더 큰 잠재되어 있던 초인적인 힘을 일깨우는 계기가 되었다.

츠츠측!

목검에 일어나는 검기가 아름다운 음향을 퍼뜨리며 일어났다. 최상급의 익스퍼트가 되어야 비로소 해낼 수 있다는 목검으로 검기를 일으키는 경지를 해낸 것이었다.

'나는 할 수 있다. 할아버지들의 가르침을 모두 받은 나에게 불가능이란 없다!'

레오는 정신력을 집중하고 오우거의 눈을 직시했다. 이글거리는 레오의 눈을 본 오우거는 휘두르던 나무를 세운 채 멈칫거렸다.

이전과는 판이하게 다른 기운을 풍겨내는 레오의 모습에서 위험을 감지한 것이었다.

"간닷!"

폭풍 같은 기세를 담은 목검을 들고 레오가 달려 나갔다. 이전까진 엄두도 내지 못하던 막스 노인의 검술 그랜드크로스를 펼쳐가는 레오의 검이 허공에 거대한 십자가를 그려냈다.

"크허엉!"

오우거도 죽음의 위협을 받자 자신의 모든 힘을 실어 나무를 휘둘러 그 두 개의 공격이 중앙에서 충돌을 일으켰다.

콰지지직!

나무가 가루가 되어 흩날리고 그사이로 거대한 십자가의 형태가 뚫고 나왔다. 그 검기는 그대로 오우거의 가슴으로 뻗어갔다.

소리도 지르지 못하고 죽어가는 오우거는 그랜드크로스가 뚫고 지나가 네 등분이 되어 바닥으로 떨어져 내렸다.

"후아……."

레오는 비릿한 피가 홍건하게 고인 곳에 우뚝 서서 자신의 손을 내려다보고 있었다.

지금까지 해내지 못하던 검술을 펼쳐냈다는 쾌감과 흥분이 온몸을 부들부들 떨리게 만들었다.

"내, 내가 한 게 맞는 거야?"

스스로에게 묻는 레오의 물음은 고요해진 숲의 정적을 깨웠다. 그 때 레오에게 다가오는 은밀한 움직임에 레오는 홍분에서 벗어나 몸을 돌리며 목검을 겨눴다.

"갸르륵!"

다리를 절고 있고 몸엔 상처투성이였지만 얼굴은 반가움으로 휩싸인 한 마리 동물이 레오의 앞으로 모습을 드러냈다.

은빛의 야수, 레오파드.

이제 막 아장아장 걷기 시작한 새끼들을 곁에 둔 채 자신을 바라보는 야수에게서 레오는 코끝을 시큰하게 하는 어떤 감정이 일었다.

흡사, 오래된 가족을 만난 듯한 애잔함과 순수한 마음이 일어났다. 그것은 레오만이 아닌 은빛의 야수 레오파드도 느끼는 감정인 듯싶었다.

"오랜만이야……."

레오는 목검을 내려놓은 채 손을 내밀었다. 그러자 야수는 천천히 다가와 레오의 몸에 자신의 털을 비볐다.

반가움을 표시하는 녀석의 모습에 레오는 환한 미소를 지으며 녀석의 등을 쓰다듬었다. 보드라운 털의 감촉과 툭툭 치듯이 자신의 다리를 머리로 미는 레오파드의 행동이 너무나도 마음을 평온하게 만들어 주었다.

13년 만의 해후였다.

분명 낯선 짐승이지만, 결코 그 기운은 낯설지 않았다. 지금까지 살아오면서 누군가 자신을 지켜보고 있다고 느껴왔던 레오였다.

그런데 그 기운의 주인을 드디어 만난 것이다.

이제야 레오는 녀석이 자신을 멀리서 지켜보고 있었다는 것을 느낄 수 있었다.

자신은 지금까지 탑에 있기에 다가오지 못하고 지켜만 봤다는 것을 말이다.

'나를 지켜봐 준 거야?'

목이 매어와 말을 못하고 생각으로만 묻는 레오의 물음에 녀석은 눈빛으로 대답했다. 자신의 새끼를 버리는 어미는 없다고.

"고마워, 항상 지켜줘서."

"캬우!"

야수는 레오의 고맙다는 말에 기분 좋은 울음을 터뜨리며 레오의 뺨에 보드라운 얼굴을 비벼댔다.

한참을 그렇게 해후를 나눈 레오는 이제 헤어져야 할 시간이 됐음을 느꼈다.

탑에서 같이 살아도 되지만 저 어린 새끼들을 돌보는 것이 녀석의 삶이었다. 그리고 자신은 자신 나름대로 살아가야 할 인간의 길이 있었다.

"이젠 헤어져야 해. 알지?"

레오의 말에 녀석은 레오의 뺨을 핥는 것으로 대답했다. 그리고 그 마지막 인사를 뒤로하고 녀석은 자신의 새끼들이 서 있는 곳으로 걸어갔다.

가면서 자꾸만 뒤를 돌아보는 녀석의 모습에 레오는 가볍게 손을 흔들었다. 지금까지 자신을 지켜봐 준 것에 대한 고마움을 담은 채.

*   *   *

일 년 뒤 레오가 열네 살이 됐을 때 하인츠는 기술하던 펜을 내려놓았다.

"이제 끝인가?"

하인츠는 두꺼운 책자를 덮으며 중얼거렸다. 그의 얼굴에는 200년을 넘게 끌어온 연구가 끝난 감회로 인해 은은한 희열로 물들었다. 하지만 기쁨이 그리 크지 않은 것은 4년 전 죽은 막스 노인 등의 얼굴이 생각나서일 것이다.

"허허! 모진 세월이었다. 그 길고 컴컴했던 터널을 빠져나와서 보니 그것은 곧 새로운 길을 여는 시작일 줄이야."

하인츠는 자신들의 연구결과를 적어놓은 두꺼운 책자를 손으로 쓰다듬었다.

양피지의 감촉이 부드럽게 느껴지고 레오가 안에 적힌 것을 익히고 하늘로 날아오르는 모습이 눈에 선명하게 보이는 듯했다.

"레오가 좋아할 모습이 눈에 선하구나. 어서 가서 이 사실을 알려줘야지. 허허허!"

하인츠는 역으로 돌린 천마심공을 들고 가뿐 마음으로 방을 나섰다.

흐뭇한 심정으로 레오의 방으로 내려왔지만 레오는 밖으로 나갔는지 보이지 않았다.

바란테스가 죽기 훨씬 이전에 탑의 관리를 위해 소환하여 레오와 종속의 계약을 맺게 한 탈란과 아드리안의 모습 또한 보이지 않았다.

별수없이 하인츠는 탑의 뒤쪽 공터로 몸을 옮겨야 했다.

그곳은 레오가 무예를 수련하는 곳으로 방에 없을 때는 그곳에 있게 마련이었다.

부웅! 부붕!

밖으로 나오자 들려오는 소리에 하인츠는 잠깐 걸음을 멈췄다. 목검을 휘두르는 소리가 예사롭지 않았던 것이다. 이렇게 미친 듯이 휘두르는 법이 없었던 레오였다.

그런데 어인 일인지 지금 들려오는 소리는 광기마저 엿보이는 것이었다.

'설마……'

하인츠는 레오의 몸에 잠재되어 있는 티엔마르의 수련법

에 의한 길이 다시 열린 것은 아닌지 걱정스러웠다.

일단 레오의 수련을 지켜보기 위해 숨소리를 죽이며 뒷공터로 다가갔다.

"타앗!"

목검을 두 손으로 잡은 채 공중을 향해 내려치는 레오의 동작이 둥근 원을 그리듯 움직이며 사방을 압도했다.

경기가 일어나는 목검에 의해 레오의 주변 공기가 파르르 떠는 것이 느껴졌다.

"작은 주인님, 물이라도 드시면서 수련하십시오. 그러다 몸 상합니다."

탈란이었다. 190센티의 키에 깡마른 체형의 탈란은 뱀파이어로 사이한 아름다움을 간직한 얼굴이 인상적이었다.

그는 수련을 돕기 위해 움직이기 편한 복장을 하고 한쪽 팔에는 수건을 다른 한 손에는 물잔을 들고 서 있었다.

걱정이 가득한 그의 얼굴에 레오가 목검을 멈추며 탈란에게 고개를 돌렸다.

"아직 멀었어. 할아버지들의 유언을 들어드리려면 더욱 강한 실력을 쌓아야 해. 그러기 위해선 지금 기초를 확실하게 다져놓지 않으면 안 된단 말이야."

레오는 콧김이 씩씩 뿜어져 나왔지만 호흡을 조절하며 온몸의 근육을 최대한 편안한 상태로 유지했다.

그것이 어릴 때부터 받아온 수련이기 때문에 가능한 것이지만 어린아이의 몸으로 그런 모습을 보이기란 쉬운 일은 아니었다.

"나 때문에 돌아가셨다고 들었어. 그 때 내가 그 책을 보지만 않았어도 돌아가시지 않아도 될 할아버지들이었단 말이야. 그러니까 내가 해야 해. 그분들의 유언을 들어드리는 일……."

레오의 얼굴엔 다부진 각오가 엿보였다. 반드시 할아버지들이 남긴 유언대로 이계에서 온 절대자들이 남긴 무예가 이 세상을 피로 물들이지 않도록 회수하는 일을 해내겠다는 단호한 결의였다.

"레오야!"

"어? 할아버지."

레오는 하인츠가 갑자기 나타나자 목검을 내려놓으며 그의 앞으로 달려갔다.

땀이 온몸을 적시고 손아귀는 목검을 휘두르는 힘을 이기지 못해 터져 나갔다. 하지만 그런 것은 개의치 않는 레오의 모습에 하인츠는 저절로 고개가 끄덕여졌다.

"이 늦은 시간까지 수련을 한 게냐?"

"헤헤헤!"

레오는 자신이 몰래 수련하는 것을 들키자 겸연쩍은 웃음을 흘리며 콧등을 문질렀다.

고된 수련으로 인해 터져 나간 손아귀에서 흐르는 피가 살짝 스치며 콧등에 붉은 선이 그어졌다.

하인츠는 레오의 손을 잡았다.

"아프진 않니?"

"괜찮아요. 전에 막스 할아버지께서 이런 상처를 마법으로 치료하면 진정한 검사가 될 수 없다고 하셨거든요. 굳은살이 생기고 또 그 위에 다른 굳은살이 생겨야 진정한 검사가 될 수 있대요. 그러니까 전 괜찮아요. 헤헤!"

레오는 막스 노인이 가르쳤던 것들을 그대로 따라하고 있었다. 그런 레오의 얼굴을 보며 하인츠는 막스의 얼굴이 떠올랐다.

'형님, 외롭진 않겠소. 우리가 이 땅에 남긴 이 아이를 보는 재미가 나쁘진 않구려.'

하인츠의 얼굴에 누군가를 떠올리며 감회에 빠지는 것을 본 레오는 콧등을 다시 문질렀다.

한참 그런 시간이 흐르고 하인츠가 감회에서 빠져나오자 레오는 다시 손을 내리고 하인츠를 바라봤다.

이렇게 자신을 찾아왔을 때는 무언가 일이 있을 거라는 예감이 강하게 다가왔다.

"레오야."

"네, 말씀하세요, 할아버지."

레오가 호기심에 찬 눈빛으로 자신을 응시하자 하인츠는 품 안으로 손을 넣어 두꺼운 한 권의 책자를 꺼내 들었다.

책자에는 티엔마르라는 글자가 적혀 있었고 레오는 대번에 그것이 무슨 책자인지 알 수 있었다.

"할아버지?"

"그래, 드디어 성공했단다. 허허허허!"

하인츠의 기분 좋은 웃음에 레오는 두 팔을 공중으로 번쩍 치켜들었다. 그러곤 있는 힘을 다해 목청을 돋우며 외쳤다.

"만세! 할아버지 최고예요!"

레오가 몸을 던져 하인츠에게 달려들었다. 이제는 제법 청년 티가 나려고 하는 레오의 몸집은 하인츠가 버텨내기 힘들 정도가 되어 있었다.

쿠웅!

"어이쿠! 녀석아 할아비 잡겠다."

"헤헤헤!"

바닥을 울릴 정도로 떨어져 내렸지만 하인츠는 레오의 머리를 쓰다듬으며 웃음을 터뜨렸다.

지금 이 순간 그 어떤 아픔이 밀려온다 할지라도 하인츠에겐 그저 웃으며 맞아들일 수 있을 정도로 희열을 느끼고 있으니 웃음이 끊이지 않았다.

고오오오.

자연에 녹아 있는 마나가 모여들었다. 처음으로 해보는 티엔마르의 명상법을 역으로 풀어놓은 것이 가져다주는 놀라운 공능에 레오는 자칫 입을 벌리는 우를 범할 뻔했다.

하지만 지난 10년이 넘는 시간 동안 명상법을 행할 때 절대 입을 벌리거나 정신을 분산시켜서 안 된다는 것을 떠올렸다.

이를 악물며 마나길을 바로하고 배꼽 아랫부분에 생성된 제2의 마나홀로 그 마나를 이동시켰다.

'태초에 아무것도 없는 공간에서 스스로 존재한 것이 카오스[혼원]이고, 이것이 스스로 팽창하여 세상을 만들었다……'

심공을 완벽하게 풀어내어 이 대륙의 말로 만들어낸 구절들이 정신을 집중한 레오에 의해 펼쳐졌다.

점점 그 구절이 주는 의미를 되새기며 마나를 다스리자 온몸을 황홀하게 만드는 힘이 사지백해로 충만해지는 것을 느꼈다.

'카오스는 하나의 우주가 되어 세상의 틀을 만들고 우주는 음과 양의 조화로움으로 이루어졌다. 이를 태극이라 하며……'

점점 구결을 외우고 무리에 대한 것을 깨달아 갈수록 몸 안에는 주변의 마나와 함께 할아버지들이 죽으며 불어넣어 준 생명의 기운까지 꿈틀거리기 시작했다.

그것은 인간의 의지로 버텨내기 힘든 무적의 힘이었고 레오는 온몸이 터져나갈 것 같은 충격을 받아야 했다.

'으으… 음과 양은 태양과 달을 만들어 그 기운을 다스리게 했으며… 흐윽… 그 기운의 조화로 삼재가 탄생되었고 그것이 또한 천지인이라 칭하노라…….'

레오는 이대로 멈추면 기운을 잠재울 수 있는 방법이 없음을 느끼자 필사적으로 구결을 암송했다.

점점 더해가는 기운과 기운의 충돌이 레오의 몸 안에서 일어났다. 단전에 모여드는 막대한 기운은 두 가지의 기운으로 나뉘어 서로를 공격하며 자신이 그 빈 단전을 차지하려 했다.

쿠구구궁!

레오의 몸은 공중으로 떠올라 빙글빙글 회전을 일으켰다. 막대한 에너지의 충돌이 빚어낸 그 광경은 레오의 몸을 반씩 차지한 채 붉고 푸른빛으로 물들였다.

"레오야! 이런…….''

놀라서 달려 들어오는 하인츠는 레오의 모습에 걸음을 멈추고 넋을 잃은 채 바라봤다.

자신의 기운으로는 도저히 통제할 수 없는 측정 불가능한 기운이 레오의 몸을 양분한 채 공중에서 휘돌리고 있는 것에 탄식을 내질렀다.

'건드려서는 안 된다. 내가 연구했던 그 명상법의 힘이라면 내가 가진 마나는 그대로 튕겨내고 말 것이니……. 이대로 레오가 이겨내기를 바랄 수밖에 없는 것인가?'

하인츠는 자신의 힘으로 이룰 수 없는 것이 있다는 것에 절망했다. 하지만 이내 생각해 보니 레오가 그리 약한 아이는 아니라는 것이 떠올랐다.

'레오를 믿자…….'

자신들의 모든 것을 물려받은 레오라면 반드시 이 역경을 이겨내고 저 두 가지 기운의 충돌을 자신의 것으로 승화시킬 수 있을 것임을 생각했다. 그러자 마음이 편안해지고 날뛰던 숨을 고를 수 있었다.

"레오야, 반드시 이겨내야 한다. 반드시!"

하인츠는 레오가 허공에서 빙글빙글 휘돌고 있는 것을 바라보며 자리에 앉았다.

자신이 할 수 있는 일이라곤 오직 레오가 이겨내기를 기도하는 것뿐임을 직감하고 그대로 앉은 것이었다.

후우웅!

레오의 코를 통해 빨려 들어가는 기류가 자줏빛을 내고 있었다. 적광과 청광을 하나로 합쳐서 이루어낸 그 빛깔을 보며 하인츠는 두 손을 들어 올리며 기뻐했다.

처음으로 명상법을 수련하는 자리에서 죽음의 위기를 이겨낸 레오가 진정으로 자랑스러웠던 것이다.

이제는 다 큰 성인의 몸집을 하고 있는 레오지만 하인츠에게는 아직 코흘리개 어린아이의 모습으로 다가오는 것은 모든 할아버지가 느끼는 감정이리라.

"후읍!"

호흡을 들이마시며 숨을 고르는 레오의 눈이 떠졌다.

스팟!

눈에서 흐르는 정광이 폭사되고 강렬한 그 빛으로 인해 하인츠는 눈을 깜빡거렸지만 웃을 수 있었다.

자신의 눈을 감게 만들 정도로 강력한 힘이라면 이 세상 그 누가 레오의 상대가 될 것인지 의문이었다. 그런 의문이 들자 기쁨으로 입가에 지어지는 미소가 더욱 깊어졌다.

"할아버지!"

"허허! 깨어났느냐?"

레오는 하인츠가 자신의 방에 앉아 있는 모습에 대충 어떻게 된 일인지 알 수 있을 것 같았다. 아마도 자신이 걱정되어 와 있는 것이리라.

"배꼽 아랫부분에 새로운 마나홀을 만들어 냈어요. 왜 이곳에 마나홀을 만들어야 하는지는 몰라도 그 홀의 크기가 심장에 있는 마나홀보다 월등히 큰 듯해요. 뭐랄까… 거대한 우주를 품 안에 넣어 놓은 기분이랄까요?"

레오는 티엔마르의 명상법은 자신밖에 수련할 수 없는 것에 자세하게 설명을 하며 자신의 몸에 일어난 현상을 알렸다. 그러자 하인츠는 그저 고개를 끄덕일 뿐, 별다른 말을 하지 않았다.

"수고했구나. 이제 시작을 했으니 더욱 분발하려무나. 앞으로 어떤 일이 벌어질지 알 수 없으니 말이다."

"네, 명심할게요."

레오는 고개를 주억거리며 하인츠의 걱정이 무엇인지 알고 있다는 표정이었다.

죽은 막스 노인 등이 유언으로 남긴 그 이계의 존재들이 남긴 무예서를 회수하는 일이 어려울 것임을 가리키는 걸 말이다.

자신이 이렇게 대단한 능력을 얻게 됐으니 그 무예서를 가져간 다른 존재들도 반드시 그 안의 내용을 익혔을 것이었다.

그 힘은 측정 불가능한 대단한 능력임이 분명할 거라는 것이 마음을 어둡게 만들었다.

"으음!"

하인츠가 휘청거리는 모습에 레오는 반사적으로 팔을 뻗었다. 예전에 비해 온통 백발로 가득한 하인츠의 머리는 그의 생명이 얼마 남지 않았음을 보여주고 있었다.

이런 날을 기다리느라 사력을 다해 생명의 끈을 놓지 않고 있었지만 레오의 모습을 보자 긴장이 풀린 것이 분명했다.

"괘, 괜찮다. 나는 괜찮아."

하인츠는 입가를 살짝 들어 올리며 괜찮다는 말을 건넸다. 하지만 그 표정이 너무 힘에 겨워 보이는 것에 레오는 말할 수 없었다.

지금껏 자신을 지켜준 마지막 스승이자 할아버지가 자신을 떠나려고 하는 것이다.

가슴이 무너져 내리고 눈앞이 캄캄해졌다. 하지만 웃어야 했다. 자신의 의연한 모습을 보여주는 것이 하인츠에게 자신의 도리를 다하는 것이라 생각했다.

"이구! 그러니까 주무시지 그러셨어요. 하하, 오랜만에 할아버지를 업어볼까나?"

레오가 하인츠의 앞으로 가서 등을 내밀었다. 탄탄한 레오의 등판이 보이자 하인츠는 눈가에 흐르는 한 줄기 눈물을 손으로 닦아내며 자신의 몸을 맡겼다.

"이 늙은이가 늘그막에 호강하는구나. 허허허!"

"할아버지도 참……."

레오는 이를 악물며 몸을 일으켰다. 새털처럼 가벼운 하인츠를 느끼며 흐르는 눈물을 주체할 수 없었다.

자신을 위해 살아온 세월의 무게가 하인츠의 몸을 그렇게 가볍게 했을 것이었다.

모든 것이 자신의 잘못인 거 같아 말을 잊은 레오는 묵묵히 하인츠의 방으로 걸어갔다.

"졸립구나."

하인츠는 주체할 수 없이 쏟아져 오는 잠에 눈을 감았다. 그 감은 눈을 통해 보이는 막스와 다른 친우들의 모습에 입가에 미소가 그려졌다.

'허허! 내가 그리 보고 싶었던 게요? 나마저 가버리면 우리 레오는 누가 지켜주라고……'

하인츠 노인의 투정 어린 생각에도 막스 노인들은 그저 웃으며 손짓을 했다.

어서 오라고 이제 그만 쉴 때도 됐다고 말하는 것 같은 그들의 손짓에 하인츠는 환한 미소를 지으며 그들에게 달려갔다.

투욱!

레오는 자신의 등에 업힌 하인츠의 몸이 축 늘어지는 것에 걸음을 멈췄다. 아니, 앞으로 나갈 수 없었다.

이 세상에 마지막으로 남은 스승의 죽음을 느끼자 하염없이 눈물이 흘러내렸다.

"할아버지? 자는 거죠? 그렇죠?"

죽음을 직감했어도 입에서 흘러나오는 말은 하인츠의 죽음을 믿지 못하고 있었다. 아니 믿으려 하지 않는다는 것이 맞는 말일 듯했다.

"할아버지……."

레오는 어깨를 들썩이며 하인츠를 불렀다. 그러나 이미 대답 없는 하인츠의 팔이 밑으로 떨어져 내렸다.

"흐윽!"

하늘을 바라보며 울음을 터뜨리는 레오는 무릎을 굽힌 채 고개를 떨궜다.

"할아버지 있잖아. 다시는 울지 말라고 했는데… 오늘만 울래. 오늘만… 다시는 울지 않으려 했는데… 자꾸 눈물이 나."

모든 것이 다 사라져 버리는 것 같은 느낌에 가슴이 찢어지고 주체할 수 없는 눈물이 비가 되어 흘렀다.

그 비는 영원히 그치지 않을 것처럼 레오의 옷을 적시고 그 마음을 슬프게 적셨다.

마지막까지 자신을 지켜주던 하인츠를 자신의 손으로 묻은 레오는 지금 그 하인츠의 무덤 앞에 서 있었다.

"할아버지……."

레오는 탑의 뒤쪽에 솟아 있는 언덕에서 네 개의 무덤을 응시했다. 맨 마지막에 숏아 있는 무덤은 이제 새긴 것처럼 뚜렷한 글자가 새겨져 있었다.

"그 오랜 세월을 함께하셨던 할아버지들이셨는데, 이제 네 분이 모두 모였네요. 외롭진 않으시죠?"

레오의 물음에 네 개의 무덤은 활짝 미소 지으며 대답하는 듯했다. 그 미소를 보는 레오는 눈가에 흐르는 눈물을 훔치며 손을 앞으로 내밀었다.

"할아버지의 편지대로 티엔마르의 무예를 완벽하게 익히기 전에는 세상에 나가지 않을 거예요. 다른 공부들도 그렇구요."

무덤에 안장한 하인츠의 편지를 읽었었다. 거기에는 티엔마르의 무예를 완전하게 익히고 나머지 마법과 정령술도 칭호에 대자가 붙는 경지 이상으로 익힌 후 세상으로 나가라는 내용이 적혀 있었다.

"힘들고 어려운 길이 될 거 같긴 하지만 할아버지들께서 힘을 주세요. 제가 반드시 해낼 수 있도록, 아셨죠?"

레오는 자신에게 다짐하듯 나란히 누워서 미소 짓고 있는 할아버지들의 무덤에 인사했다.

일일이 손으로 무덤을 쓰다듬는 손길이 한동안 지속되었다가 어느 순간 레오가 무덤을 내려왔다.

그가 향하는 발걸음이 있는 곳에는 탈란과 아드리아가 걱정스런 얼굴로 레오를 기다리고 있었다.

"다녀오셨습니까?"

사이하게 들려오는 탈란의 목소리에 레오는 붉어진 눈을 손으로 문지르며 대답했다.

"이제 됐어. 내려들 가지."

"네, 작은 주인님!"

탈란은 정중하게 레오의 앞으로 나서며 길을 안내했다. 복종의 맹약을 맺은 레오라서 그러는 것이 아니라 자신의 어린 아들을 보살피는 것 같았다.

그런 탈란의 행동들에는 오랜 세월을 두고 같이 살아온 정이 흐르고 있었다.

"오늘은 푹 쉬도록 하십시오. 며칠간 몸이 많이 상하셨습니다."

탈란은 레오의 몸이 걱정스러웠는지 내려가는 길에 쉬라는 말을 꺼냈다.

"그래요. 우리 작은 주인님은 좀 쉬어야 해요."

탈란을 거드는 아드리아의 요염한 목소리에도 레오의 얼굴은 펴질 줄 몰랐다.

뭔가 깊은 생각에 젖어 있는 그는 한동안 대답을 하지 않다가 입을 열었다.

"아니야. 쉬고 있을 시간이 없어. 할아버지들께서 하셨던 말씀을 지키려면 더욱 분발해야 해. 내가 가진 힘은 너무 미약하고, 또 아직 할아버지들께서 생명의 불꽃을 태워가며 남기신 것들을 이해하지도 못하고 있으니까."

"절대 안 됩니다. 절대!"

탈란은 뚱한 얼굴로 손가락을 저었다. 탈란의 똥고집을 익히 아는 레오는 하루쯤 쉬어도 상관없겠지 싶은 마음에 대답하려고 하는데, 아드리아가 탈란의 뒤를 이어 반대하고 나왔다.

"저도 허락할 수 없어요. 하인츠님이 창조신의 품으로 돌아가신 이상 레오님의 보호자는 우리예요. 우리의 허락없이 수련하는 것은 우리를 무시하는 처사예요. 그렇지요?"

아드리아가 토라진 듯한 말을 하자 레오의 얼굴엔 그들에 대한 고마움으로 물들었다.

"고마워. 탈란과 아드리아가 나를 걱정해서 하는 말이라는 거 나도 알아. 그래, 오늘은 쉬도록 할게. 하지만 내일부터는 내가 알아서 할 거야. 이제 이 탑의 주인은 나니까. 내가 모든 것을 알아서 해야 해. 누구도 내 대신 해주지 않을 테니까."

레오는 그 말을 하며 쓸쓸해했다. 그런 감정을 느끼는 탈란과 아드리아는 조용히 레오의 얼굴을 바라보며 한없는 동정과 연민의 감정을 흘릴 뿐이었다.

Chapter **04**
성년

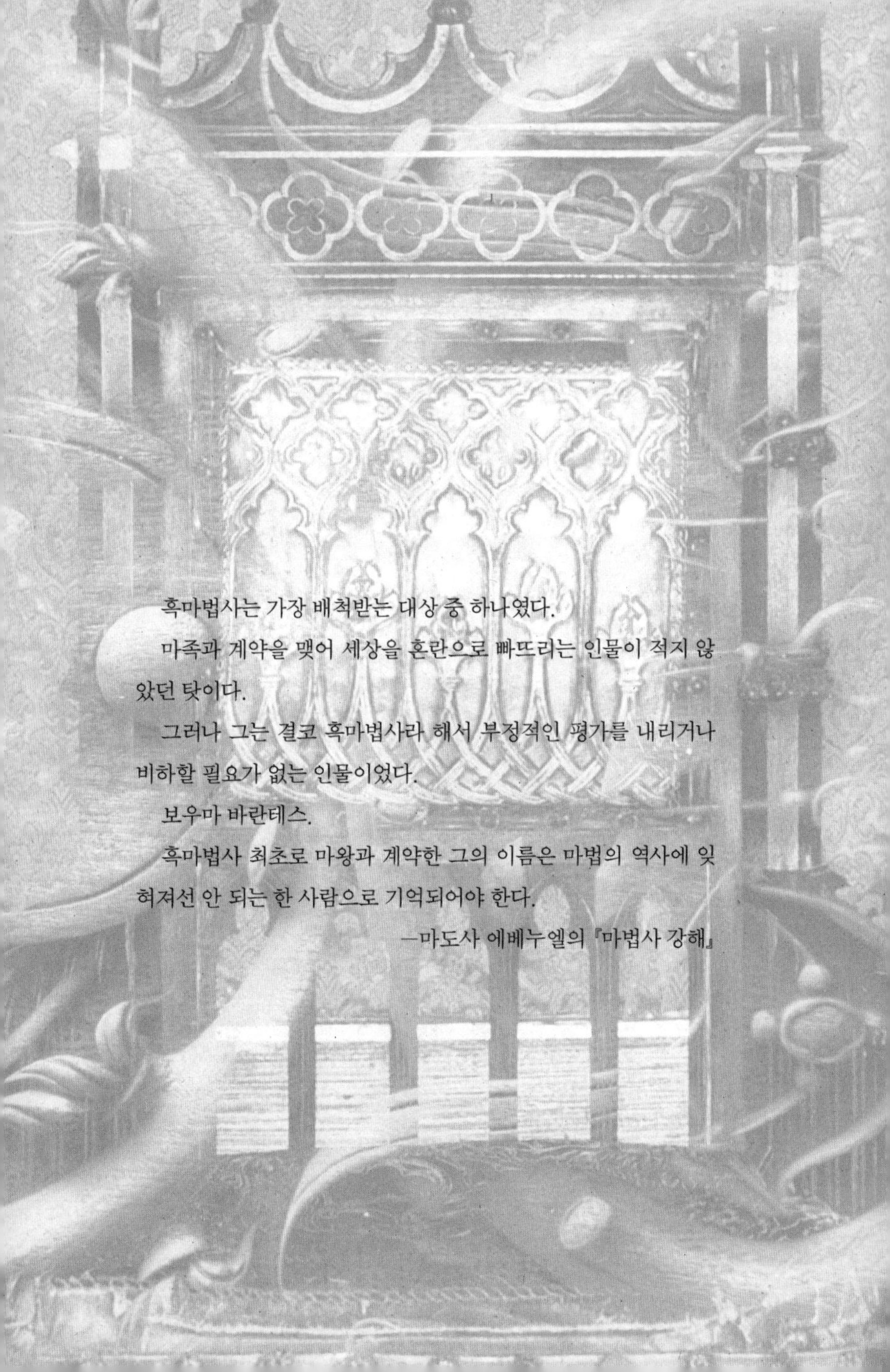

흑마법사는 가장 배척받는 대상 중 하나였다.

마족과 계약을 맺어 세상을 혼란으로 빠뜨리는 인물이 적지 않았던 탓이다.

그러나 그는 결코 흑마법사라 해서 부정적인 평가를 내리거나 비하할 필요가 없는 인물이었다.

보우마 바란테스.

흑마법사 최초로 마왕과 계약한 그의 이름은 마법의 역사에 잊혀져선 안 되는 한 사람으로 기억되어야 한다.

—마도사 에베누엘의 『마법사 강해』

　너른 뜰에 모인 레오와 탈란은 서로를 바라보며 대치하고 있었다. 탈란의 손에 들린 작은 쇠구슬들은 그의 힘을 받아 파랗게 물들어 있었다.

　"던져!"

　"갑니다!"

　피피피픽!

　탈란은 재빠르게 손을 놀렸다. 한 번에 세네 개씩의 쇠구슬이 날아가자 레오의 앞은 무수한 쇠구슬로 뒤덮였다.

　"타앗!"

퉁! 투퉁!

한 차례의 초식이 펼쳐질 때마다 레오의 검은 무수히 많은 잔상을 그려내며 공중을 수놓았다. 그때마다 날아오던 쇠구슬은 그 잔상에 막혀 사방으로 튕겨 나갔다.

"더 빨리!"

"갑니다. 조심하시길!"

피피피핑!

이를 악물고 자신의 모든 힘을 동원해 던지는 손길은 레오의 전신을 노렸다.

탈란의 폭발적인 그 공격은 어지간한 적이라면 그대로 무너져 내릴 정도였다.

스스스슥!

레오의 움직임이 기이한 변화를 일으키며 공세의 중앙으로 뛰어들었다. 그리고 한 손에는 목검을 그리고 다른 한 손은 손가락을 곧게 편 채 기묘하게 휘저었다.

티팅! 티티팅!

"후우!"

모든 쇠구슬이 바닥으로 떨어지자 레오가 손길을 멈췄다. 자신을 향해 오는 모든 방위를 막아내는 엄청난 실력을 선보인 후 숨을 고르는 그의 모습에 탈란은 경의를 표했다.

보통 익스퍼트 초입의 기사가 두세 개 정도 탈란의 쇠구슬을 쳐낼 수 있었다. 최상급에 도달하면 일고여덟 개쯤이고 마스터에 올라서야 열 개 정도를 쳐내며 완벽한 방어력을 선보이게 된다.

그런데 지금 레오는 한 번에 열다섯 개를 쳐낸 것이었다. 마스터를 넘어섰다는 반증이기에 탈란은 진심으로 고개를 숙이고 있는 것이었다.

"대단하십니다. 그 정도면 인간들 중에선 최고의 실력이라 자부하셔도 될 겁니다."

탈란의 칭찬에 레오는 살며시 고개를 저었다. 윤기 흐리는 머리칼이 고갯짓을 따라 흔들리고 땀방울이 흘러내리는 모습에 멀리서 지켜보던 아드리아가 다가왔다.

"탈란의 말이 맞아요. 내가 지켜본 인간들은 그리 강하지 않았거든요. 그러니 자부심을 가지셔도 된답니다. 호호호!"

수건을 건네는 아드리아는 레오의 손에 들려 있던 목검을 받아들었다. 은발을 치렁치렁하게 늘어뜨린 그녀의 육감적인 모습은 남자의 마음을 사정없이 잡아끄는 힘이 있었다.

어린 시절부터 레오를 키우다시피 한 그녀에게 유모 이상의 감정을 가질 리 없는 레오이기에 망정이었다.

보통의 피 끓는 사내라면 그녀의 손이라도 잡으려고 난리가 벌어질 일이었다.

"모르는 일이야. 인간들은 자신을 알리려고 하는 자들도 있지만 숨어 지내며 드러내기를 꺼려하는 자들도 있다고 했어."

"쿵! 지금 제 말이 틀렸다고 하시는 겁니까? 제가 이래보여도 뱀파이어가 된 지 칠백 년입니다. 제가 레오님이 강하다고 하면 그런 줄 아십시오. 아시겠습니까?"

탈란은 레오에게 힘을 북돋워주기 위함인지 특유의 똥고집을 발휘하며 레오를 몰아붙였다.

나이를 들먹이며 하는 말에 레오는 속으로 웃고 말았다. 그러나 탈란의 말은 고맙지만 자신의 생각은 달랐다.

그걸 애써 주장하고 싶은 마음이 없어 슬며시 주제를 다른 쪽으로 돌렸다.

"지금 그게 중요한 게 아니고 앞으로 어떻게 해야 할아버지들의 유언을 따를 수 있는지 그게 문제야. 지금 내 실력이 아무리 좋아졌다고는 해도 누가 그 책들을 가져갔는지 알 수 없으니, 단서가 너무 없어."

레오의 말에 탈란은 잠시 생각에 잠겼다가 입을 열었다.

"다른 분들의 일기가 있으니 그 안을 뒤져 보면 뭔가 단서가 나오지 않겠습니까?"

"이미 다 읽어봤지만 허사였어. 할아버지들께서도 그 책자들을 가져간 자들이 누구인지 알 수 없었다고 하셨어. 하지만 강력한 힘을 지닌 존재들이 있었다는 것으로 봐서는 일단 제국이 아닐까 싶어."

"제국이라면 루퍼트 제국과 나이츠 제국이 있습니다만…
제 육감에는 루퍼트 제국에 단서가 있을 것 같습니다."

레오는 자신이 책으로 읽은 두 제국의 위치와 그 힘의 관계
를 생각했다.

일단 할아버지들이 책을 습득한 곳에서 가장 가까이에 위
치한 곳은 루퍼트 제국이었다. 그렇다면 그곳이 개입했을 가
능성이 매우 높다고 봐야 했다.

"탈란이 그렇다고 하면 그렇겠지. 일단 어느 정도 내 무예
가 완성됐다고 생각되면 루퍼트 제국으로 가봐야겠어. 그곳
에서 먼저 시작해 봐야지."

"호호! 나중에 그러도록 하시고 지금은 목욕을 먼저 하셔
야 해요. 그렇게 땀 냄새를 풍기는 것이 나쁘진 않지만 건강
에는 안 좋으니까요. 아셨죠?"

아드리아가 어서 목욕을 하라고 레오의 등을 떠밀자 레오
는 희미한 미소를 얼굴에 머금으며 자리를 털고 일어났다.

"그러지."

레오와 탈란 등은 수련하던 곳을 정리하고 탑으로 들어갔
다. 이제 레오의 나이는 20세를 넘어서고 있었다. 그만큼 커
진 체구와 강력해진 힘이 그의 나이와 함께 같이 커가는 것에
탈란과 아드리아는 흡족한 미소를 지으며 바라봤다.

　　　　　*　　　*　　　*

엔드류 폰 미르토가.

미르토가 공작가의 둘째로, 형인 엘버트 백작의 천재성에 가려져 빛을 보지 못하는 불운한 기사였다.

그의 능력도 범인들에 비하면 수재라 칭할 만한 것이지만 그의 형인 엘버트의 능력이 너무 커 사람들은 그를 알아보지 못했다.

항상 그것 때문에 열등감을 느끼고 있던 그는 어릴 적부터 함께 자라온 에바와 약혼식을 올리고 갈등에 빠져 있었다.

"정말 그래야 되겠어?"

갈색의 머리카락을 뒤로 넘겨 질끈 묶은 엔드류는 화가 단단히 난 얼굴로 에바에게 따지듯 물었다.

날카로운 눈썹이 하늘로 치켜진 채 미간이 모인 모습이 그의 화가 어느 정도인지 보여주고 있었다. 하지만 천성적인 아름다움을 지닌 그의 얼굴은 화를 내는 모습에도 여전히 매력적이었다.

"응! 난 그래야겠어. 내 신랑이 될 남자가 형의 그늘에 가려 이름도 없이 묻히는 걸 원하지 않거든?"

양손을 허리에 가져다 댄 채 당당하게 자신의 주장을 늘어놓는 에바는 보랏빛의 머리카락을 길게 늘어뜨린 채 호수 같은 눈망울에는 강한 염원이 담겨 있었다.

갸름한 턱선이 아름다운 그녀의 얼굴을 보며 엔드류는 분을 삭이지 못했다.

"나보고 그 말도 안 되는 일을 하라는 거냐? 형은 형이고 나는 나일 뿐이야. 누가 뭐라고 하든 나는 형을 이기기 위해 그런 말도 안 되는 일에 나설 수는 없어."

"흥! 그럼 우리 파혼해. 나는 너같이 무능력한 남자와 평생을 같이 살 수는 없어. 내 남편이라면 적어도 이 스베인 왕국에서 제일 강한 남자여야 해. 그것이 내가 어릴 때부터 꿈꿔왔던 이상이야. 넌 그럴 배짱도 없는 거 같으니 안 되겠다."

토라진 얼굴로 홱 하고 고개를 돌려 버리는 에바를 보며 엔드류는 당황했다.

어릴 적부터 같이 자라온 그녀를 보는 것이 엔드류의 유일한 낙이자 마음의 안식이었다. 그런데 그런 그녀가 지금 말도 안 되는 말을 하며 강짜를 부리고 있는 것이다.

에바의 강짜를 어찌해야 할지 갈피를 잡지 못하던 그는 마침내 용단을 내렸다.

'그래, 어차피 이백 년도 더 된 옛날 일이다. 그들이 지금까지 살아 있을 리는 없지. 내가 사랑하는 사람의 말도 들어주지 못한다면 그건 기사라고 할 수도 없지.'

엔드류는 에바를 달래기 위해 자신의 생각을 바꿔야 했다.

"좋아. 하자."

짜악!

"오호호! 정말이지?"

"그래."

무뚝뚝하게 하겠다는 말을 꺼내는 엔드류에게 에바는 얼른 다가와 그의 팔짱을 끼며 볼에 뽀뽀를 했다.

당황스러운 그녀의 행동에 얼굴을 붉히는 엔드류는 인상을 펴고 활짝 웃었다.

"엔드류가 역시 최고야. 어서 가자!"

에바의 팔짱을 낀 채 엔드류는 그녀가 가는 곳으로 향했다. 그들이 향하고 있는 곳은 스베인 왕국에서 제일 큰 용병길드의 본부가 있는 곳이었다.

우지끈 소리를 내며 넘어가는 나무들. 그 나무들은 우악스런 힘을 이기지 못해 생을 마감하며 쓰러지고 있었다.

그것은 앞길을 맡은 용병이 뒤에 따라오는 귀족가의 자제들을 위해 나무를 부러뜨리며 길을 열었던 것이다.

2미터가 넘는 키에 거대한 핼버드를 들고 있는 사내는 얼굴을 길게 가로지르고 있는 흉터와 제법 손때가 묻은 레더메일로 보아 오랜 시간을 용병으로 굴러먹은 자였다. 그것도 등급이 꽤나 높을 것 같았다.

"미크러스님 정말 괜찮은 겁니까?"

뒤쪽에서 약간 겁에 질린 용병이 길을 열고 있는 미크러스에게 물었다.

그는 용병생활을 그리 오래 하지 않은 티를 내듯이 장비들에서 빛이 번쩍번쩍 나고 있었다.

"걱정 마라. 내가 듣기에도 이 숲을 차지하고 있는 그 늙은 이들의 나이가 이백 살은 훨씬 넘었어. 인간이 그렇게 오래 살았다는 이야기를 들어본 적 없어."

"그, 그래도 그들은 마왕이라고 소문이 난 자들인데 혹시 살아 있으면 어쩝니까……."

말끝을 흐리는 사내는 계속해서 뭔가 불안감을 떨치지 못했다. 마왕이라고 소문난 자들이니 살아 있을지도 모른다는 것이 문제였다.

물론 처음에는 영웅으로 칭해지던 이들이지만 세월이 지남에 따라 금지된 숲으로 들어선 이들이 죽어나가며 마왕으로 불리게 된 것이었다.

거기에는 인간이라면 백 년 이상 살지 못하는데 수백 년을 살아온 것에 대한 의혹도 단단히 한몫했다.

"이 숲에 들어가지 못하게 하려 꾸며낸 이야기에 불과하다. 몇몇 이 숲으로 들어왔던 자들이 죽은 것은 몬스터들 때문이야. 그깟 몬스터들은 우리 전력이면 충분하다. 알았는가?"

용병들의 리더인 그가 당당하게 외치자 겁을 먹은 표정을 지었던 이들의 안색이 훨씬 부드럽게 변해갔다.

"아직 멀었나요?"

뒤쪽에서 들려오는 아가씨의 목소리에 미크러스의 안색이 구겨졌다.

'정말 재수없는 년이로군. 이, 삼십 분 간격으로 주구장창 물어대다니…….'

짜증이 나게 만드는 것에 일가견이 있다는 사람들을 제법 많이 안다고 자부했던 것을 일거에 무너뜨린 아가씨였다.

그 모두를 몽땅 데리고 온다고 해도 저 아가씨 하나를 이기지 못할 것이 분명했다. 하지만 차분하게 대답해 주어야 한다.

만에 하나 그녀의 기분을 상하게 만든다면 이 왕국에서 용병질하기 힘들어질 것이기 때문이었다.

"조금만 더 들어가면 숲의 중앙 부분입니다."

"이봐요! 그 조금만이 도대체 어느 정도예요? 어제도 조금만 더 들어가면 된다고 하지 않았나요? 무슨 그런 엉터리 거리 계산법이 있어요?"

빠드득!

이빨이 저절로 갈렸다. 자신의 의지와는 상관없이 반사적으로 몸이 움직이는 것에 미크러스는 마침내 참았던 분노가 폭발했다.

"강행을 하면 저녁 무렵에 도착할 수 있을 거라고 했는데… 피곤하다면서 더는 못가겠다고 했던 사람이 누굽니까? 그리고 아침 일찍 일어나서 출발해야 한다고 했더니 미녀는 잠을 많이 자야 한다면서요? 그래서 정오가 돼서야 출발하게 한 사람은 누구신지 모르겠습니다만……."

"흥! 용병 일 한두 번 해봐요? 이 정도는 기본적으로 알아야 하는 거 아닌가요? 의뢰인에 맞출 줄 알아야 진정한 용병이라고 들었는데 그것도 아닌가 봐요?"

눈에 쌍심지를 켜며 노려보는 에바의 싸늘한 얼굴에 미크러스는 핼버드로 그 낯짝을 후려패주고 싶은 충동을 느꼈다.

'저 고블린보다 더 못 생긴 년을 그냥 죽여 버려? 모험 도중에 죽는 인간이 어디 한둘이겠어?'

스륵!

핼버드가 서서히 위로 올라갔다. 하지만 어느 정도 올라가던 핼버드는 다시 내려오고 말았다.

에바를 죽이는 것은 문제가 아니지만 기사의 마갑을 걸치고 있는 사내와 그가 데리고 온 마법사가 문제였다.

둘은 자신이 덤벼도 승부를 낼 수 없을 정도의 강한 무력을 지닌 자들이었다.

"후우! 알겠소. 알아 모실 것이니 어서 갑시다."

미크러스가 한숨을 푹 내쉬며 고개를 숙이자 에바는 그럼 그렇지라는 반응을 보이며 콧대를 세웠다.

"앞장서요. 홍!"

미크러스는 화풀이를 자신을 가로막는 나뭇가지에게 퍼부으며 길을 열었다.

그들이 향하고 있는 숲의 중앙은 마왕의 숲으로 이름난 곳으로 지금은 레오와 탈란 등이 머물고 있는 탑이 있는 곳이었다.

"마왕들은 나와서 내 검을 받아라!"

"마왕들은 나서라!"

우레와 같은 외침이 용병들에 의해서 숲을 진동시켰다. 그들은 손으로 입을 모아 소리를 더욱 크게 만들며 사방을 향해 고래고래 소리를 질러댔다.

그들의 목적은 이미 죽은 막스 등의 죽음을 확인하는 것뿐, 절대 나오기를 바라는 것은 아니었다.

"호호! 거봐 내 말이 맞지? 이미 죽었다니까. 아버지께서 가지고 계신 보고서에 따르면 그 미친 늙은이들이 이 숲을 차지한 지 벌써 220년이 흘렀다구. 그러니 그들이 살아 있으면 그게 드래곤이지, 인간이겠어?"

"이그… 알았다, 알았어."

엔드류는 두 손, 두 발 다 들고 항복을 선언했다. 이 사랑스런 아가씨가 이런 일을 꾸민 이유가 자신을 더욱 높은 자리로 올리기 위해서 한 것임을 잘 알고 있으니 그저 웃음만 흘러나왔다.

"지난 세월 동안 그 누구도 이 숲에 들어오지 않아서 그럴까? 왠지 더 아름다운 거 같지 않아?"

"그러게. 수북하게 쌓인 낙엽을 보면 우리가 처음으로 들어온 숲이란 기분이 드는군."

에바의 말에 맞장구를 치는 엔드류는 숲의 이곳, 저곳을 뜯어보았다.

자연 그대로의 모습으로 남아 있는 숲을 보자 가슴 속에 문득 두려움이 일었다.

"잠깐."

엔드류도 이들이 마왕이 아니라는 것을 잘 알고 있었다. 한때는 대륙 최고의 영웅으로 불리던 그들이었다. 다만 오랜 세월이 흐르는 동안 숲으로 들어오는 인간들을 그들이 강제로 억제한 것이 발단이 됐었다. 그리고 흑마법사인 보우마 노인이 장난 반 진정 반으로 흑마법을 펼쳐 사람들의 출입을 통제한 방법이 마왕으로 소문나는 데 일조했다.

그런 사실을 잘 알고 있는 엔드류지만 숲을 살피다 이상한 기분이 들어 일행을 제지했다. 그러곤 그 기분을 느끼게 만드는 기운을 찾아 눈을 모으고 사방을 두리번거렸다.

"왜 그래? 몬스터라도 나타난 거야?"

"아, 아니… 신경과민인가……."

엔드류는 아무것도 나타나지 않자 자신의 신경이 날카로워서 그런 것이라 생각하고 금세 원래대로 돌아갔다.

엔드류와 그 일행들이 다시 마왕 나오라는 말을 외치며 숲으로 들어갈 때쯤 그들이 지나간 자리에 두 사람이 나타났다.

'인간들인가? 그런데 저 사람들은 왜 할아버지들을 마왕이라 부르는 거지? 내가 아는 할아버지들은 마왕이라고 하기엔 너무 인자하고 좋은 분들인데…….'

레오는 숲에 처음으로 들어온 사람들을 보며 의아함과 약간의 가슴 설렘을 느꼈다. 하나, 점점 그들이 지르는 마왕이라는 단어가 할아버지들을 모욕하는 것 같아 기분이 나빠지기 시작했다.

이대로 내버려 둔다는 것은 자신을 위해 목숨까지 버렸던 할아버지들을 배신하는 행위라고 생각했다. 하지만 자신이 잘못 생각하고 있을 수도 있는 것이라 따라온 탈란에게 물었다.

"탈란, 저놈들이 할아버지들보고 마왕이라고 하는 거 맞지?"

을씨년스러운 분위기를 자아내는 레오의 음성은 싸늘하기
가 북풍한설이 부는 것 같았다.

단단히 화가 났음을 알려주는 그 말에 탈란 역시 은은한 분
노를 담아 대답했다.

"쿵! 그런 것 같은데요?"

"저것들이 감히 할아버지들을 마왕이라 부르다니… 감히!
붙잡아서 단단히 혼을 내주어야겠어."

"물론이죠. 내가 비록 뱀파이어이긴 하지만 진정으로 존경
했던 인간이 바로 그분들입니다. 그런 분들을 마왕이라 칭하
다니 아주 잔인하게 피를 빨아 죽여야 합니다. 제게 맡기십시
오. 피를 있는 대로 빨아서 해골로 만들어 버릴 것이니."

"탈란, 아직도 흡혈을 하는 거야?"

"험! 아, 아닙니다. 작은 주인님."

탈란은 흡혈하느냐고 묻는 레오의 날카로운 눈매에 찔끔
하여 이내 꼬리를 내렸다.

"다시 한 번 말하지만 흡혈은 안 돼, 더욱이 인간의 피는."

"하하! 말이 그렇다는 거지. 뭘 그렇게 민감하게 반응을 하
십니까. 핫핫핫!"

탈란이 썩은 미소를 지으며 대답하자 레오는 희미하게 웃
었다.

뱀파이어에게 흡혈을 하지 말라고 하는 것은 어떻게 보면

죽으라고 하는 것이나 마찬가지였다. 하지만 탈란은 동물의 마나를 빨아들여 살 수 있는 능력이 있었다. 고로 흡혈을 안 해도 죽지는 않는다는 말이었다.

"가자. 한 놈씩 잡아다가 볼기를 쳐야겠어."

"먼저 갑니다. 천천히 오십시오."

탈란이 멋들어지게 날개를 펄럭이며 공중으로 날아올랐다. 박쥐처럼 변해서 날아가는 그의 모습에 레오는 혀를 내둘렀다.

"언제 봐도 저건 부럽단 말이지. 후아!"

난다는 것이 가져다주는 그 부러움에 레오는 마냥 탈란이 부럽기만 했다. 하지만 언젠가는 자신도 저렇게 날아다닐 수 있게 될 것이라 믿으며 나무를 박차고 밑으로 향했다.

스스스슥!

그는 정확한 이름을 모르고 있었지만 천마의 무예서에서 익힌 천마행공이 자연스럽게 펼쳐졌다.

그저 스피릿스텝이라고 이름 붙여 천마행공의 이름을 대신했을 뿐이었다.

'슬슬 시작해 볼까?'

레오는 엔드류 일행의 뒤로 다가갔다. 귀신이 움직인다고 해도 믿을 정도로 신속하고 기척을 죽인 그의 움직임을 엔드류 일행은 아직 포착하지 못하고 있었다.

'감히 내가 사랑하는 할아버지들을 마왕이라 부르다니…
내가 오늘 진짜 마왕이 어떤 것인지 보여주마!'

레오는 할아버지들을 마왕이라고 부른 인간들에게 자비를
베풀 마음이 전혀 없었다. 오히려 괴롭힐 대로 괴롭혀서 자신
들의 잘못을 빌게 만들 생각이었다.

[시선을 뺏어줘.]

레오는 공중에서 날아다니며 크게 원을 그리며 엔드류 일
행을 추적하고 있는 탈란에게 전음을 보냈다.

마법은 아니지만 소리를 마나를 이용해서 자신이 원하는
곳으로 보내는 것이라는 것에 흥미를 느끼고 연습했던 무공
의 일종이었다.

[알겠습니다.]

탈란은 뱀파이어상급의 능력자로 마법은 7클래스 이상을
익히고 있었다.

물론 그 마법을 자신의 앞에서 펼치지 않아 어느 정도인지
는 레오도 자세히 모르고 있었지만 대강 그럴 것이라 추측할
뿐이었다.

"끼아아아!"

하늘을 날며 괴성을 지르는 탈란이 기이한 곡선을 그렸다.
그러자 그의 몸에서 생성되어 나오는 수많은 박쥐들이 아래
로 비행하여 엔드류 일행을 습격해 갔다.

“엄마야!”

“이, 이런…….”

박쥐라는 것은 아무리 몬스터에게 겁을 먹지 않는 인간이라도 질색인 동물이었다.

흡혈을 한다는 것만으로 보통의 사람에겐 겁을 집어먹게 만드는 것이었다.

그런 박쥐들이 수천 마리가 넘게 습격해 오자 에바가 먼저 비명을 질렀다. 이런 상황은 염두에 두지 않았던 모양이다.

후두두둑!

“찌이이익!”

“찌찌찌찍!”

날카로운 비명에 가까운 소리를 내는 박쥐들이 날카로운 이빨을 드러내며 에바에게 달려들었다.

제일 먼저 소리를 낸 인간에게 반응을 보이는 것인데 에바는 그 공격에 손으로 얼굴을 가리고 바닥에 주저앉았다.

“엔드류, 살려줘!”

“내가 간다!”

스르릉!

채애앵!

날카로운 검신이 집에서 나오고 엔드류는 양손으로 검을 잡은 채 에바에게 달려드는 박쥐에게 돌진해 들어갔다.

"타앗!"

서걱! 서거걱!

박쥐들이 반으로 갈라지며 붉은 피가 튀어나왔다. 그러나 박쥐들의 숫자는 줄어들 줄 몰랐다.

오히려 그 공격에 동료들이 죽자 더욱 광분하여 날뛰는 모습이라 에바는 곧 박쥐들에 의해 뒤덮여 버렸다.

"엄마야! 꺄악!"

에바의 비명이 들릴 때마다 엔드류는 마음이 다급해지고 들고 있는 검이 어지러워졌다.

이런 경우는 처음으로 당하는 것이라 대처하는 방법을 몰랐기 때문이었다.

"도와줘! 이봐!"

"우리도 싸우고 있는 거 안 보이쇼? 자기 몸은 알아서 간수하는 게 좋을 거요. 이크!"

엔드류는 자신의 힘으로 어쩌지 못하자 용병들에게 도와달라고 고함을 질렀다. 하지만 용병들도 이미 박쥐들의 습격에 대항하느라 여념이 없었으니 그 외침은 곧 박쥐들의 괴성에 묻히고 말았다.

"에바, 조금만 기다려."

서거걱!

박쥐를 계속해서 전진하는 엔드류의 정성이 통해서였을

까? 에바가 납작 엎드려 오들오들 떨고 있는 곳에 도착할 수 있었다.

새카맣게 허공을 수놓고 있는 박쥐들이 여전히 기승을 부렸지만 다행히 에바를 공격한 박쥐들이 흡혈박쥐는 아닌 듯했다.

옷가지가 박쥐의 날카로운 이빨에 의해 다 찢어져 백옥 같은 등판이 훤하게 드러나 있기는 했어도 상처가 없었다.

"흐윽! 살려줘. 흐어어엉!"

에바의 대성통곡에 엔드류는 더욱 힘을 내며 박쥐를 공격했다. 흡혈박쥐가 아니라면 오히려 자신의 강력함을 에바에게 보일 수 있는 기회라고 할 수 있었다.

"이놈들 에바는 내가 지킨다. 하압!"

퍼퍼퍼펑!

검의 옆면으로 바람을 가르며 스윙을 하는 그에 의해 박쥐들이 으깨어지면서 죽어나갔다.

공중에 떠서 그 광경을 보는 탈란은 분노에 일그러진 두 눈동자가 꼭 고양이의 눈처럼 변해갔다.

―키르르륵!

박쥐들에게 명령을 내리는 그의 신호음에 의해 박쥐들이 다시 공중으로 날아올랐다.

덕분에 탈란의 주변은 어느새 박쥐들로 인해 검은 공처럼 변해 버렸다.

"박쥐들이 물러간다."

"야호! 이겼다."

용병들이 환호성을 내지르며 자신들의 승리를 자축하는 말을 내질렀다. 마왕인지 아닌지는 모르지만 미지의 적을 별다른 피해없이 이겨냈다는 것이 중요했다.

Chapter **05**

마왕놀이

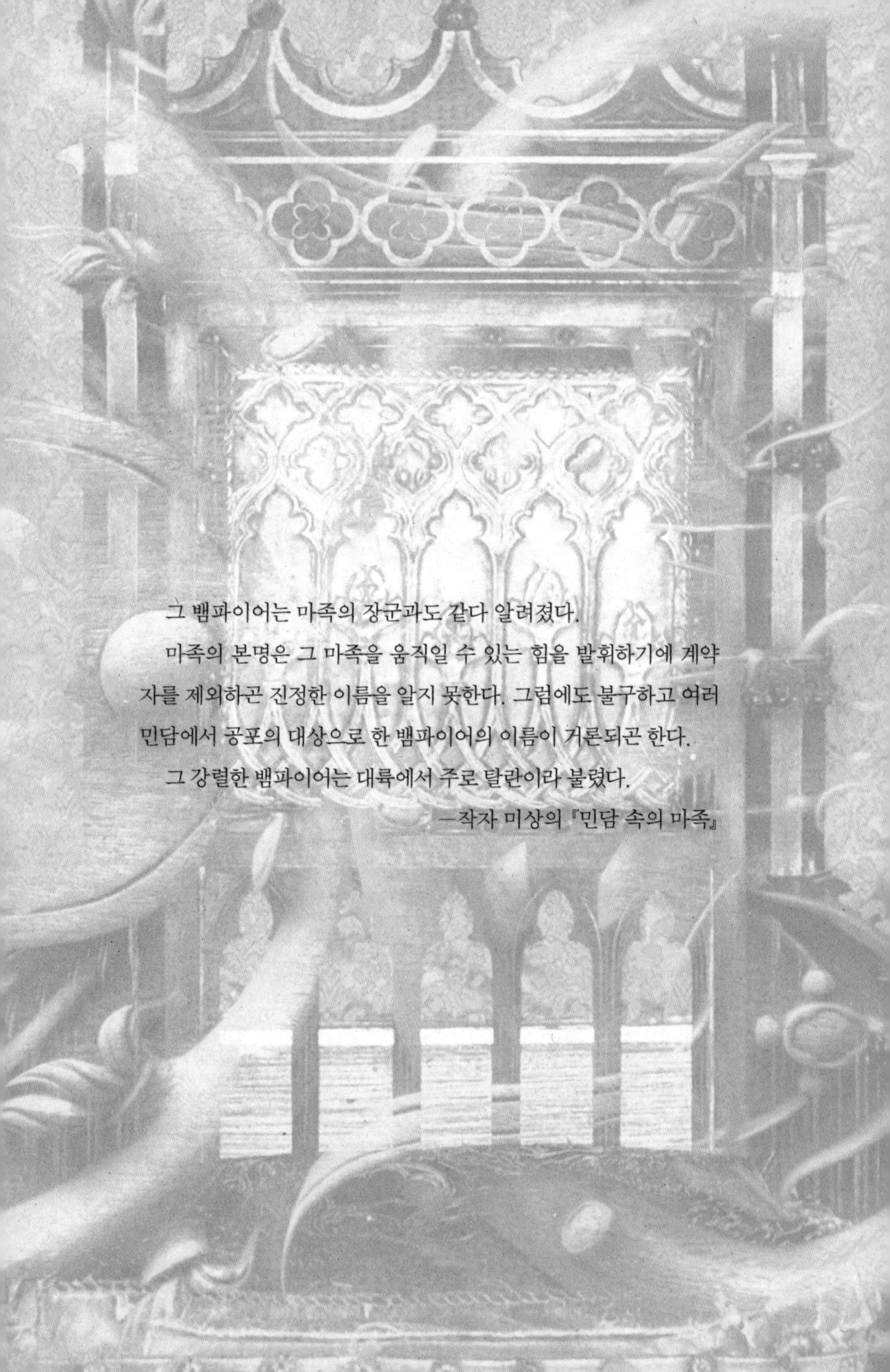

그 뱀파이어는 마족의 장군과도 같다 알려졌다.

마족의 본명은 그 마족을 움직일 수 있는 힘을 발휘하기에 계약
자를 제외하곤 진정한 이름을 알지 못한다. 그럼에도 불구하고 여러
민담에서 공포의 대상으로 한 뱀파이어의 이름이 거론되곤 한다.

그 강렬한 뱀파이어는 대륙에서 주로 탈란이라 불렸다.

―작자 미상의 『민담 속의 마족』

레오는 박쥐들의 습격을 훌륭하게 격퇴해낸 미크러스와 용병들을 보며 싸한 미소를 지었다. 비록 자신의 눈에는 차지 않는 실력이었지만 가지고 노는 재미는 있을 것 같았다.

"크크크! 좋아하긴 이르지. 뒤를 봐라!"

공중에서 들려오는 음산한 목소리에 모두의 시선이 자신들이 걸어왔던 곳으로 향했다.

"헉!"

"뭐, 뭐야?"

픽! 피픽!

바람처럼 달려오는 꽤 커다란 체구를 지닌 사내의 손이 용병들의 몸을 살짝 건드리고 지나갔다.

"으윽!"

"흐윽!"

짧은 신음과 함께 우뚝 멈춰서 버리는 용병들의 모습에 엔드류는 검을 으스러져라 움켜잡았다.

생전 저렇게 빠른 움직임을 보이는 자는 처음이었다. 천재라고 불리는 자신의 친형이라고 해도 저런 움직임은 보일 수 없었다.

"으으… 지, 진짜 마, 마왕이다."

"흐끅! 마왕? 진짜?"

울음을 터뜨리다 말고 에바는 놀란 얼굴로 몸을 일으켰다. 여행자답지 않게 드레스에 망토를 두른 그녀는 박쥐들의 공격에 의해 옷이 모두 뜯겨져 나간 상태였다.

그대로 옷이 흘러내리며 뽀얀 나신을 사정없이 드러냈다. 하지만 놀란 가슴에 자신의 상태가 어떤지도 모르고 있었다.

"저, 저길 봐."

엔드류가 가리키는 손가락을 따라가는 에바의 눈에 보이는 한 남자의 모습은 마왕이라기보다는 백마를 타고 전장을 누비는 멋진 사내의 모습이었다.

"저런 남자가 있었다니……."

치렁치렁한 금발을 단정하게 묶어 넘기고 검은 레더메일을 걸치고 폭풍에 휘날리는 것처럼 망토가 펄럭였다.

손을 뻗을 때마다 용병들이 비명을 지르며 쓰러지는 광경은 전장을 지배하는 투신의 모습이었다.

"에, 에바는 내가 지킨다!"

엔드류는 용병들이 모두 쓰러지자 양손으로 검은 쥔 채 레오에게 겨눴다. 하지만 그의 검은 사정없이 흔들리고 있었고 그가 레오에게 잔뜩 겁을 먹었음을 보여주고 있었다.

그런 광경을 보는 에바는 자신의 정혼자인 남자에게 실망의 눈빛을 보냈다.

"이제 너희 셋만 남았군."

레오는 마법사로 보이는 사내와 기사인 엔드류가 서서 자신을 맞이할 태세를 갖추고 있는 것에 손가락을 들어 두 사람을 가리켰다. 그러곤 손가락을 까닥이며 말했다.

"덤벼라! 저놈들처럼 싱거운 상대가 아니길 바라지."

레오의 말에 마법사의 얼굴이 처음으로 일그러졌다. 이제껏 아무런 움직임도 보이지 않고 구경만 하던 그였다.

그의 임무는 철부지 기사인 엔드류를 지키는 것이었고 마지막 순간이 되기 전까진 나서지 말라는 엄명을 받고 왔었다.

이제 그 마지막 순간이 왔다고 여겼는지 후드를 손으로 벗어 넘기며 분노로 인해 일그러진 얼굴을 드러냈다.

“어린아이가 너무 방자하구나. 지금까지는 도련님을 지켜보라는 명이 있어 참았다만 더는 참기 힘들구나.”

마법사는 손으로 공중에 원을 그렸다. 그러자 그 원이 빛의 고리가 되고 그 안에서 서서히 금빛의 스태프가 모습을 드러냈다.

기다란 스태프는 한쪽에 붉은 수정이 박혀 있어 마력을 증폭시키는 기능이 있었다. 다른 한쪽은 날카로운 창처럼 되어 있어 근접전도 가능해 보였다.

“내 오늘 네놈에게 무서움이 무엇인지 보여주마. 아이스랜스!”

쩌드드등!

얼음의 창을 만들어내며 옆으로 신속하게 이동해 가는 마법사의 움직임은 제법 숙련된 전투마법사의 행동패턴을 보여주고 있었다. 공격을 한 뒤 마샬아츠를 사용하는 것으로 보이는 레오에게서 최대한 거리를 벌리는 그의 공격은 끊임없이 이루어졌다.

“바인딩!”

츄츄츄츄욱!

마나의 그물을 날리며 레오의 발을 묶으려고 하는 그의 공격에 레오는 막 다가오는 얼음의 화살을 향해 주먹을 뻗어냈다.

휘이잉!

왼발을 축으로 힘껏 뻗어내는 주먹은 푸른 마나가 실려 제법 날카로운 바람 소리를 냈다.

"미친!"

마법사는 자신의 마법력이 고스란히 담긴 아이스랜스를 향해 주먹을 뻗어내는 레오를 보고 조소를 머금었다.

틀림없이 저 뻗어내는 주먹은 피떡이 되어 떨어져 나갈 것이라 믿고 있는 듯했다.

"헛!"

마법사는 헛바람 빠지는 소리를 내며 눈을 동그랗게 떴다. 분명 콰지직 하고 뼈가 부서지는 소리가 들려왔다.

분명 손이 날아갔을 것이라 여겼는데 아무런 이상 없이 여전히 푸른 기운으로 넘실거리는 주먹은 자신을 향해 뻗어내고 있었다. 그 모습을 보고 믿을 수 없어하는 것은 자연스러운 반응이었다.

"타앗!"

마법을 사용하는 것도 아니었다. 그저 주먹을 뻗어냈을 뿐이었다.

그런데도 작은 주먹이 거대한 산이 되어 자신을 덮쳐 오는 모습에 마법사를 스태프를 들어올렸다.

어떻게든 살고 봐야겠다는 생각에 최대의 마나를 쏟아부

어 마법방어막을 펼쳤다.

"실드!"

필사의 의지를 담아 마법을 펼치자 곧 마나가 움직이며 마법이 완성됐다. 그러자 푸른 실드 막 위로 거대한 주먹이 강하게 부딪쳤다.

그리고 터지는 강한 굉음과 함께 마법사를 뒤로 사정없이 날아가는 자신을 발견할 수 있었다.

"크윽!"

신음을 흘리는 마법사는 이 어처구니없는 상황에 머리를 기민하게 굴렸다.

'무엇인지는 몰라도 일단 거리를 띄어놓고 싸워야 한다. 실드를 뚫고 들어오지는 못하는 것 같으니 일단 마음은 놓을 수 있을 터.'

마법사는 싸움에 대한 방식을 선택하자 옆으로 빠르게 달렸다. 달리면서 캐스팅하는 것이 어려운 일이긴 했지만 목숨이 오가는 상황에서 그 정도는 감수해야 했다.

"윈드커터!"

슝! 슈슝!

스태프를 레오에게 뻗을 때마다 윈드커터가 날카로운 소리를 내며 날아갔다.

바람의 힘을 압축하여 만든 것이라 닿는 것은 그대로 동강을 내버릴 수 있는 위력이 담겨 있었다.

"고작 그 정도로 나에게 교훈을 내리겠다는 말을 했단 말이지? 간닷! 블러드문슬레서!"

천마의 무예 중에서 혈월참(血月斬)이라는 명칭을 이 대륙의 언어로 바꾼 초식이 레오에 의해서 펼쳐졌다.

왼발을 축으로 빙글 휘돌며 강하게 검을 베어내는 동작과 함께 그의 검에서 붉은 달 모양의 검세가 무리지어 앞으로 뻗어나갔다.

"저, 저, 저건……."

자신이 쏘아 보낸 윈드커터와 충돌하며 굉음을 만들어낸 붉은 달 모양의 검기가 그대로 그 힘들을 부숴 버리며 앞으로 쏘아져 나왔다.

저 정도의 검사일 줄은 상상도 하지 못했던 일이었다. 이 말도 안 되는 상황에 자신도 모르게 탄식이 흘러나왔다.

"말도 안 되는……."

그의 탄식이 흘러나와도 레오가 펼친 혈월참은 그 세력이 약해지기는 했어도 마법사에게 뻗어나갔다.

윈드커터와 충돌로는 그 힘을 완벽하게 상쇄할 수는 없었던 것이다.

그 광경을 목도한 마법사는 죽음을 맞을 수도 있다는 절박감에 서둘러 마법을 사용했다.

"블링크!"

스파앗!

육체적인 능력으로는 도저히 해결할 방법이 떠오르지 않자 일단 적의 이목이 미치지 않는 곳으로 물러나 마법 공격을 퍼부을 생각이었다.

공간이동마법 중 가장 기초 단계인 블링크는 근거리로 이동하는 전투용마법으로 널리 알려진 것이다.

그런 마법을 사용하여 공간으로 몸을 숨긴 마법사가 자취를 감추자 레오는 인상을 찡그리며 기의 파동을 느꼈다.

'저기다!

레오는 공중에서 일어나는 기의 파동을 느끼고 그곳으로 곧장 몸을 날렸다.

빠르게 공중으로 날아오르는 레오는 검을 왼손으로 쥐며 오른 주먹을 뻗어냈다.

공중에서 나타나는 마법사의 신형이 공간의 틈에서 완벽하게 나오자 그 곳으로 들이닥치는 주먹은 그의 복부를 향해 틀어박혀 갔다.

퍼억!

"크아아악!"

공간이동을 한 자신의 움직임을 어떻게 파악했는지, 그곳으로 이동하여 주먹을 날리고 있는 레오를 발견한 마법사는 내장을 훑어내는 충격에 비명을 질렀다.

비릿한 액체가 목젖을 타고 넘어오는 것을 느끼며 그는 서서히 시야가 꺼져 갔다.

'으음… 정신을 차려야…….'

어떻게든 꺼져 가는 정신을 되돌리려 했지만 정신력은 이미 한계에 도달했고 되돌릴 수는 없었다.

그러자 바닥으로 떨어져 내리며 축 늘어지는 마법사의 모습에 레오는 가볍게 지면에 내려섰다.

천마행공의 경공술을 사용하여 서서히 내려서는 레오의 모습은 천상에서 내려오는 천장의 모습이었다.

"이젠 너희 둘만 남았는데 어쩌지?"

레오의 시선이 향하는 곳은 엔드류가 오들오들 떨며 검을 쥐고 서 있는 곳이었다. 그의 겁먹은 모습을 보며 레오는 가볍게 고개를 저었다.

정의를 위해서 목숨을 던진다고 알고 있던 기사라고 하는 자가 저렇게 겁이 많은 족속인지 처음으로 알았다.

그가 책에서 본 기사는 용감무쌍하고 죽음을 두려워하지 않는 불퇴전의 전사들이었으니 말이다.

"더, 덤벼라……. 나 엔드류 폰 미르토가가 상대해 주마."

더듬거리는 목소리로 말하는 그의 모습은 영락없이 커다란 불독을 보고 꼬리 내린 작은 치와와 같았다.

어떻게든 자존심을 세우고 싶어 부들부들 떨면서도 왈왈 거리는 치와와의 모습에 레오는 실없는 미소가 흘러나왔다.

"탈란!"

"네, 작은 주인님."

"탈란이 맡아. 내가 저런 놈에게까지 손을 써야겠어?"

"쩝, 저보고 저런 놈을 상대하란 말씀이십니까?"

자신도 상대하기 싫다는 말을 하는 탈란에게 레오가 무표 정하게 고개만 흔들었다.

절대 양보할 수 없는 일에 감정을 드러내지 않는 것이 레오 의 습관이라는 것을 아는 탈란은 이번은 고집을 부릴 수는 없 었다.

"끄응! 모양이 빠지긴 하지만… 작은 주인님의 뜻대 로……."

박쥐의 모습으로 공중에 떠 있던 탈란은 짜증을 제대로 내 며 엔드류에게 날아갔다.

거대한 박쥐의 날개가 칼날처럼 펴지며 저공비행으로 날 아가는 그의 모습은 박력이 넘쳐흘렀다.

"으헉!"

엔드류는 박쥐인간이 자신에게 날아오자 기겁을 하며 검 을 휘둘렀다.

이미 눈은 감겨 있었고 무턱대고 휘두르는 것이라 그 검에 맞아줄 자는 이 세상 어디에도 없을 것이었다.

파팟!

"큭!"

날카로운 손톱으로 엔드류의 양팔에 찔러 넣는 탈란의 공격에 허공을 무의미하게 가르던 검이 멈췄다.

손가락을 타고 흘러나오는 핏물을 보며 엔드류는 고통으로 일그러져 자신의 두 팔을 번갈아가며 바라봤다.

"캬오!"

뱀파이어의 포효에는 상대를 윽박지르는 힘이 담겨 있었다. 그 포효가 바짝 마주대고 있는 탈란과 엔드류의 사이에서 터지자 엔드류는 정신이 멍해지며 그대로 뒤로 넘어갔다.

그 정신이 멍한 상황에서 떠오르는 것은 단 하나, 에바에 대한 원망이었다.

'에바 어쩌자고 이런 곳에 오자고 한 거니……. 이들은 마왕보다 더 무섭잖아.'

땅이 파일 정도로 뒤로 떨어진 엔드류는 탈란의 포효에 정신을 잃고 말았다.

이미 기가 질린 상태에서 그런 공격을 당하자 정신이 버티지 못한 것이었다.

"처리했습니다."

"수고했어."

　레오는 탈란이 엔드류를 쓰러뜨리자 이제 자신들을 막을
수 있는 힘을 모두 상실한 그들을 살폈다.

　'응? 저 여자는 왜 가슴을 다 드러내고 있지? 미쳤나?

　싸우느라 살필 여력이 없어서 몰랐지만 모두 정리되자 눈
에 들어오는 에바를 보며 레오는 혀를 찼다.

　드레스는 모두 찢어져 허리어름에 걸려 있었고 안에 입은
코르셋도 너덜거리며 가슴을 다 드러내고 있었다.

　"너!"

　레오가 손가락으로 콕 찍으며 에바를 부르자 그녀는 정신
이 들었는지 검지로 자신을 가리키며 대답했다.

　"저, 저요?"

　"그래, 너."

　"무, 무슨 하실 말씀이라도?"

　마왕 나오라고 앙칼지게 외치던 여자의 입에서 저렇게 다
소곳한 말이 흘러나오리라곤 상상도 할 수 없었다. 하지만 그
런 그녀가 자신의 눈을 바라보지도 못한 채 약간 부끄러워하
는 기색이 묻어나오는 음색으로 묻자 레오는 머리가 복잡해
졌다.

　"별로 할 말은 없어. 단지 그냥 가슴이나 가리라고. 그리
예쁘지도 않은 가슴을 드러내고 뭐하는 짓이야?"

　"어맛!"

레오의 말을 듣고서야 자신의 가슴이 다 보이고 있다는 것을 알아챈 에바는 재빠르게 두 손으로 얼굴을 가렸다.

가리라는 가슴은 안 가리고 얼굴을 가리는 그녀를 보며 정말 알 수 없는 족속이 여자란 생각을 하며 레오는 이맛살을 찌푸렸다.

"뭐, 그래도 팔꿈치로 가리는 센스는 있군. 풋!"

두 손으로 얼굴을 가리는 동작을 취할 때 저절로 팔꿈치가 모이며 가슴이 가려졌다.

정확하게 가슴을 가리는 것은 아니라지만 그것으로 볼썽사나운 꼴은 보지 않아도 되었기에 레오는 그녀에게 다가갔다.

"넌 누구냐?"

레오가 정신을 차리고 있는 유일한 인간인 에바에게 질문을 던졌다.

낭랑한 레오의 목소리에서 카리스마와 강한 사내의 힘을 느낀 에바는 두 손을 슬며시 내리며 레오의 얼굴을 바라봤다.

'멋있다……'

왕성에서 근위기사를 비롯한 강하다고 자부하는 많은 사내들을 봐왔던 그녀였다.

개중에는 기사라고 힘을 자랑하던 자들도 있었고 마법사라며 지식을 뽐내던 자들도 있었다. 하지만 그 어떤 사내들에게서도 레오에게서 느껴지는 힘이 느껴지지 않았었다.

여유로움과 박력이 공존하는 그 모습에 에바의 눈은 점점 이상한 빛을 뿜어냈다.

'이, 이 남자… 가지고 싶다…….'

에바의 속셈도 모른 채 레오는 자신의 질문에 대답하지 않는 그녀의 얼굴을 뚫어지게 바라봤다.

점점 힘이 들어가기 시작하는 레오의 눈빛을 에바는 자신에게 흑심이 있어서 그러는 것이라 착각하기에 충분했다.

"누구냐고 물었다."

"에바. 파드슈 후작가문의 차녀예요."

"에바라… 근데 여긴 왜 온 거지?"

파드슈 후작가라는 것으로 상대의 기를 죽이려고 했던 에바였다. 하지만 자신의 이름만 되풀이한 뒤 이유를 묻는 레오가 제대로 된 정신 상태인지 궁금했다.

보통의 남자라면 파드슈 후작가의 이름만 듣고도 자신의 손등에 입을 맞추지 못해 안달이었기 때문이었다.

"제 아버지가 파드슈 후작가의 가주라구요."

"근데 그게 뭐? 여기에 온 이유나 말해."

"흑……."

에바는 자신도 모르게 눈물이 났다. 자신이 가지고 싶다고 느낀 첫 번째 남자에게 자신이 모욕을 받고 있다는 사실에 슬

퍼졌던 것이다. 하지만 그런 그녀의 심리 상태를 모르는 레오
는 혀를 차며 언성을 높였다.

"쯧쯧! 여자가 눈물이 많은 족속이라고 하더니 그게 맞는
모양이군. 아드리아는 안 그런데 말이지. 우는 건 나중에 울
고 어서 여기에 와서 마왕 나오라고 외친 이유나 말해라!"

억박지르는 레오의 언사에 에바는 기가 막혔다. 보통의 남
자들은 여자가 울면 달래려고 하거나 어쩔 줄 몰라 당황하게
마련인데 이 남자는 전혀 딴 세계에서 살다온 사람 같았다.

"흐윽… 우아아앙!"

목을 놓아 대성통곡을 터뜨리는 에바는 정말 서럽게 눈물
을 흘렸다.

자신이 태어난 이후로 이런 대접을 받아본 역사가 없었다.
그것이 서러워 우는 것인데 레오는 차갑게 몸을 돌렸다.

"안 되겠군. 탈란이 끌고 와."

"쟤도요? 킁! 그렇게 하지요."

탈란은 울고 있는 에바에게 다가가 거칠게 그녀의 허리를
잡아챘다.

"이거 놔! 놓으란 말이야. 흐윽!"

"어린 것이 앙탈하기는. 가자!"

탈란의 옆구리에 긴 채 공중에 들린 에바는 발버둥을 치며
난리를 쳤지만 탈란의 억센 힘을 당해낼 수는 없었다.

그렇게 탈란의 손에 잡혀 에바는 자신의 앞날이 어떻게 될지 예측할 수 없는 곳으로 향하게 되었다.

빛도 들어오지 않는 방에 갇힌 에바 등은 움직이지 못하고 입만 나불거리는 용병들의 고함 소리를 들으며 불안에 떨었다.

"우린 어떻게 되는 걸까?"

"으윽… 걱정하지 마. 우리가 이렇게 된 걸 알면 아버지께서 반드시 구하러 와주실 거야."

"그렇겠지?"

엔드류는 자신이 붙잡힌 것을 알고 부친인 마브러스 공작이 구해줄 것이라 믿었다. 그리고 이 왕국에서 살아가려면 공작의 아들인 자신을 죽이지는 못할 것이라는 확신이 있었다.

스베인 왕국이 그리 강한 나라는 아니라지만 국제적인 위상만은 제국도 무시하지 못하는 나라이기 때문이었다.

"엔드류님, 그렇게 낙관할 상황만도 아닙니다. 이 안에서 뭔가 대책을 마련하는 것이 좋습니다."

"응? 그게 무슨 말이야?"

"공작님께서 우리가 이렇게 된 것을 알게 되려면 적어도 한 달 이상은 걸릴 겁니다. 그동안 이 안에 죽을 수도 있는 문젭니다. 그러니… 차라리 몸값을 지불하고 풀려나게 해달라고 협상하는 것이 옳은 방법 같습니다만."

"그, 그렇구나."

엔드류는 몸값 협상을 하고 풀려나는 것을 듣고 이 상황을 타개할 유일한 방법은 그것뿐이라고 여겼다.

"엔드류, 네가 나서서 협상해 봐. 나 이렇게 지독한 모욕을 당하기는 처음이야. 반드시 나가서 이 원한에 대한 복수해야 해. 그러니까 반드시 성공해야 해. 알았지?"

"알았어."

엔드류는 에바의 응원을 받자 어깨에 힘이 잔뜩 들어갔다. 비록 그 무서운 인간을 다시 보게 되는 것이 떨리긴 했지만 자신은 공작의 아들이었다.

"이것 봐! 밖에 아무도 없어? 너희 주인과 이야기를 좀 해야겠으니 불러오란 말이야!"

쾅쾅쾅쾅!

엔드류는 어둠이 짙게 깔려 있는 묵직한 철문을 주먹으로 계속해서 후려쳤다.

그의 그 정성이 통해서였을까? 얼마 지나지 않아 밖에서 중저음의 듣기 좋은 목소리가 들려왔다.

"무슨 일이냐?"

"너희 주인과 이야기하고 싶은 것이 있으니 불러다오."

"큭, 크크큭! 네놈 따위가 우리 작은 주인님과 이야기를 한다니… 가소로운 놈. 나에게 해라. 내가 듣고 타당하면 작은 주인님께 전해주마.”

비웃음이 가득한 대답에 엔드류는 기분이 상했다. 하지만 어떻게 할 방법이 없었다.

저 목소리의 주인공인 그 박쥐인간에게도 상대가 되지 않았던 자신인데 따지고 들 주제가 아닌 상황이 아닌가.

“몸값을 낼 것이니 우리를 풀어다오. 그게 내 요구다.”

“몸값을 내시겠다? 나쁘지 않은 제안이군. 그런데 이를 어쩌나, 우리 작은 주인님은 몸값에 흥미가 없으실 거 같으니 말이야. 일단 전해는 보마.”

엔드류는 탈란의 말이 끝나고 그의 자취가 완전히 사라질 때까지 문 앞에 서 있었다.

이제 그 작은 주인이라는 자의 결정이 남았지만 거부하지는 못할 것이란 생각에 양쪽 어깨에 입은 상처가 들쑤시는 것도 잊을 수 있었다.

초조한 시간이 흘러가고 엔드류와 에바는 서로를 바라보다 문을 쳐다보는 것을 반복하며 대답이 오기를 기다렸다.

끼이익!

철문이 열리는 소리와 함께 빛이 열린 문을 통해 흘러들어왔다. 갑자기 들어오는 빛에 눈이 부신 엔드류는 인상을 찌푸리며 손으로 눈을 가리고 문 쪽을 바라봤다.

'저놈은…….'

처음 싸움에서 박쥐를 부리며 싸우던 2미터에 가까운 키를 지닌 남자가 그 앞에 서 있었다.

전형적인 귀족의 복장을 하고 검은 망토를 두르고 있는 사내는 허리춤에 플랑베르쥬를 차고 있었다.

그의 체구에 걸맞은 커다란 플랑베르쥬 외에는 다른 무장을 하고 있지 않았고 부하들도 없었다.

'기습하면 이길 수 있지 않을까?'

엔드류는 혼자라는 것에 영웅심이 발동했다.

"나와라. 작은 주인님께서 너를 보자고 하신다."

"그, 그럽시다."

엔드류는 동작을 빠르게 하여 몸을 일으켰다. 잘하면 뒤에서 덮칠 수도 있겠다 싶어 작은 흥분으로 손끝이 떨려왔다.

"나도 가겠어요. 내가 그자와 담판을 짓는 것이 좋을 거 같아요. 괜찮겠지요?"

에바가 당돌하게 나서며 하는 말에 탈란은 시큰둥한 반응을 보였다.

여전히 찢어진 옷가지로 가슴 부분을 동여맨 그녀의 자태에 웃음이 흘러나오는 것을 참으며 말했다.

"흥! 따라오너라."

"나, 나도 데려가 주시오. 우리 용병들도 사람이란 말이오."

몸을 움직이지 못해 입만 벌릴 수 있는 용병들 중에서 제일 우두머리라고 할 수 있는 미크러스가 모두를 대신해 외쳤다. 그러자 누워 있는 자세로 다른 용병들이 이구동성으로 입을 열었다.

"저, 이 마법을 좀 풀어주시오. 오줌은 어떻게 싸서 말리겠지만 대변은 그게 아니잖소. 나도 사람인데 똥 싼 바지를 입고 있을 수는 없는 노릇 아니겠소?"

"나, 나도."

용병들이 일제히 화장실을 가고 싶다는 바람을 토로하자 탈란은 피식 실소가 흘러나왔다.

뱀파이어는 화장실을 갈 일이 없어 상관없지만 인간들은 먹으면 싸야 한다는 것이 어렴풋한 기억 속에 떠올랐기 때문이다.

"작은 주인께 말하겠다. 잠시 기다리도록."

"이, 이보시오. 급하단 말이오."

"야! 나도 푸는 방법을 몰라. 그러니 기다리라면 잔말 말고 기다려. 성질나면 입까지 틀어막아 버리기 전에."

"흐윽… 어떻게 더 기다리란 거야. 젠장."

용병들의 반응에 탈란은 유쾌해진 기분으로 엔드류와 에바에게 손짓했다.

"가지."

"앞장서세요."

에바는 기세등등한 모습으로 돌아가 탈란의 뒤를 따랐다. 그런 그녀는 엔드류의 입에서 흘러나오는 한숨의 의미를 알지 못했다.

'왜 따라온다고 해서 초를 치는지 원. 도대체 도움이 안 된단 말이야. 에바, 너 왜 그러고 사니……'

하고 싶은 말이 목구멍까지 치고 올라왔지만 차마 말할 수는 없었다.

그만큼 그녀를 사랑하는 마음이 강하게 남아 있었고 혹시라도 그녀에게마저 버림받을지도 모른다는 생각이 두려움으로 남아 있었다.

'보통의 집은 아닌 거 같은데? 탑인가?'

계단을 올라 위로 올라서자 꽤 넓은 공간이 나타났지만 벽면이 둥근 타원형으로 되어 있어 탑이 아닐까 하는 추측을 자아냈다.

"이 저택은 탑처럼 보이네요. 그런데 사는 사람이 무척 적은가 봐요?"

에바의 질문에 탈란은 대답없이 위층으로 올라가는 계단으로 발을 옮겼다.

"이봐요. 내 말이 말 같지 않아요?"

"시끄럽군. 이곳은 네가 떠들어도 될 만한 곳이 아니다. 입술을 꿰매버리기 전에 그 입 다물어라.”

“흡!”

에바는 저 무식하고 징그럽게 생긴 사내라면 능히 자신의 입술을 꿰맬 수도 있을 거라는 생각에 급히 입을 다물었다.

바늘이 입술을 뚫고 들어가는 상상을 하자 몸서리가 쳐지며 등골에 전율이 일었다.

“이봐요. 아무리 패해서 붙잡힌 신세라지만 너무하는 거 아닙니까? 말이 너무 심한 거 아니냔 말입니다.”

엔드류가 불쾌한 감정을 고스란히 드러내며 탈란에게 대들듯이 말했다. 그런 그의 모습에 에바가 감격의 눈빛을 보냈지만 이내 그 감격의 눈빛은 실망으로 변하고 말았다.

“왜 너도 꿰매줄까? 말만 해. 바늘하고 실은 많으니까.”

“그, 그런…….”

탈란은 무심한 눈으로 엔드류를 바라봤다. 아무런 감정이 들어 있지 않은 탈란의 말에는 진짜 그렇게 할지도 모른다는 생각을 갖게 만드는 힘이 있었다.

“아니요. 어서 가기나 하죠.”

“큭! 그러던지.”

탈란은 성큼성큼 걸음을 내딛어 위층으로 올라가 버렸다. 그 뒤를 따르는 엔드류와 에바는 주눅이 단단히 든 모습으로 입을 굳게 걸어 잠갔다.

"예쁘게 생겼는데? 작은 주인님이 좋아할 만한 얼굴이야."

아드리아가 에바의 얼굴을 손으로 매만지며 하는 말에 탈란은 고개를 사정없이 흔들었다.

"아드리아, 그 밥맛없이 생긴 년을 어디다 가져다 붙이는 거야? 작은 주인님은 세상에서 가장 아름답고 지혜로운, 그러면서 강한 여인이 아니면 내가 용납하지 못해. 영원의 세월을 살아가는 내 입장에서 작은 주인님의 후계자도 강한 피를 물려받아야 하니까."

"딴은 그렇구나. 이 작은 엉덩이로 작은 주인님의 아이나 제대로 낳겠어? 적어도 이 정도는 되어야지. 유후!"

엉덩이를 사정없이 흔드는 아드리아는 풍만한 육체가 어떤 것인지 에바와 엔드류에게 시위라도 하는 듯했다.

그런 모습에 엔드류의 눈은 커다랗게 떠지고 아드리아의 엉덩이에서 눈을 떼지 못했다.

"엔드류!!"

강하게 엔드류를 부르는 에바는 자신의 정혼자가 다른 여자의 몸을 보며 침을 흘리는 모습을 보이자 기겁하며 소리를 질렀다.

"흥! 저 디룩디룩 살찐 엉덩이가 뭐가 예쁘다고. 흥흥!"

"오호호홍! 우리 아가씨가 삐쳤나 보네. 아가씨도 조금 나이가 들면 몸매가 좋아질 것도 같으니 염려 말라고. 호호호홍!"

　에바는 자신의 말라깽이 같은 엉덩이에 비해 너무 풍염하고 아름답게 생긴 아드리아의 몸매에 질투가 났다. 하지만 애써 부정적인 말을 하며 위안을 삼을 뿐이었다.

　"탈란! 데리고 왔으면 들어와."

　방 안에서 들려오는 낭랑한 목소리가 모든 논란을 종식시키고 말았다. 탈란은 그 목소리에 얼른 문을 열며 두 사람에게 손짓했다.

　"들어가라. 그리고 절대 경거망동하지 말도록. 작은 주인님께 무례하게 구는 자는 내가 바로 죽여 버릴 거니까."

　"흡!"

　"아, 알겠어요."

　두 사람은 탈란이 내뿜는 살기에 바짝 얼어붙은 채 간신히 목소리를 내서 대답했다. 살기에 의해 목이 잠길 정도였으니 탈란의 살기가 어느 정도인지 짐작할 수 있었다.

Chapter **06**
협상

　어느 날, 그 나무꾼은 오크를 피해 도망치던 중 거대한 탑을 보게 되었다.

　언제부터 그곳에 탑이 서 있었는지는 아무도 알지 못했고, 그 또한 마찬가지였다. 몇 대에 걸쳐 나무꾼으로 살아온 가문의 남자임에도 알지 못한다는 것은 세워진 지 그렇게 오래 되지 않았단 것을 의미했다.

　제법 오래된 숲이라지만 전혀 몰랐다니… 나무꾼은 그저 기이하게 여길 뿐이었다. 그러나 탑의 입구에서 나타난 지극한 노인의 형상에 알 수 없는 오싹한 기분을 받은지라 이후 남자는 그곳에 악마가 산다고 소문을 내게 되었다고 한다.

―작자 미상의 『민담록』

마왕들이 산다고 들었던 의문의 탑은 마법 결계에 의해서 보호받는 곳이었다. 그 탑의 1층에 있는 거실로 올라온 엔드류와 에바는 천천히 책장을 넘기고 있는 레오를 볼 수 있었다.

"나를 보자고 했다고?"

에바는 레오가 책장을 덮으며 이내 깍지를 낀 손으로 턱을 괸 채 자신을 바라보자 레오에게서 풍겨오는 분위기에 호흡이 가빠졌다.

기이한 아름다움과 남자의 강인함이 공존하는 그 얼굴에

점점 빠져 들어가는 것을 느낄 때 엔드류가 입을 열었다.

"대화요청을 허락해 줘서 고맙군요."

엔드류가 나서면서 말문을 열었다. 조심스럽게 이야기를 시작한 그는 차분하게 앞으로 걸어나가 레오의 앞에 섰다.

"몸값을 내고 풀어달라고 했다던데 맞아?"

"그렇습니다. 우리 집에 연락을 하면 내 몸값으로 얼마가 됐든 내어줄 겁니다. 그러니 흥정하지요."

엔드류는 상대가 자신의 제안에 흥미가 있다고 여기고 필사적으로 말을 이었다.

"일만 골드면 어떻겠습니까?"

"흐음, 일만 골드라……."

레오는 콧잔등을 문지르며 잠시 생각하는 척하다 엔드류의 눈을 뚫어져라 쳐다봤다.

묘한 빛이 감도는 레오의 눈빛에 엔드류는 침을 꿀꺽 삼키며 바짝 긴장했다.

레오의 말 한마디에 자신의 운명이 걸려 있었다. 제발 좋은 대답이 들려오기를 바라며 두 손을 모았다.

"내키지 않아. 돈이란 것이 필요하지도 않을 뿐더러 할아버지들께서 물려주신 것도 쌓여 있는 판이거든."

"네? 그, 그게 무슨 말입니까? 일만 골드면 대저택을 살 수 있는 돈이란 말입니다. 그런 돈을 푼돈 취급이라니… 지금 장난하는 겁니까?"

　나이가 비슷한 레오에게 존칭을 사용하며 따지는 엔드류는 황당했다.

　1만 골드, 말이 쉬워서 1만 골드지, 10실버가 4인가족의 한 달 생활비가 되는 세상에서 그 돈이면 40만 명이 한 달을 살 수 있는 어마어마한 돈이었다.

　군대를 키운다면 신병 2만 명을 일 년 동안 훈련시키고 제대로 된 병사로 키울 수 있는 돈인 것이다.

　그런 돈을 대수롭지 않게 여기며 거절하는 레오에게 엔드류는 화가 불쑥하고 치밀어 올랐다.

　"흠, 그게 많은 건가, 탈란?"

　"네, 작은 주인님."

　탈란이 들어오며 레오의 앞에 섰다. 그는 레오가 자신을 부르자 엔드류와 에바가 실수한 것은 아닌가 하여 고리눈을 뜨고 두 사람을 째려봤다.

　"일만 골드가 많은 거야? 탑의 창고에 보니까 그 골드라는 것들을 담을 상자가 부족해서 그런지 쓰레기처럼 굴러다니던데. 아니야?"

　"창고에 있는 골드만 백만 골드 정도 됩니다. 작은 주인님!"

　집사를 맡고 있는 탈란이 백만 골드가 창고에 있다는 말을 넌지시 건넸다.

"허걱!"

"말도 안 돼."

엔드류와 에바는 레오가 탈란에게 하는 말을 듣고 황당함의 극치를 달리는 사람들이라고 생각했다.

창고에 쌓여 있는 돈이 백만 골드라는 말을 대수롭지 않게 하는 것을 보면 미친 것은 아닌지 의문이었다.

"금화가 그 정도 있고 보석과 골동품들을 생각하면 작은 주인님의 재산은 정확한 계산이 불가능합니다만."

탈란은 창고를 떠올리며 대답했다. 네 명의 절대자들이 평생을 모은 재물이라는 것이 어느 정도일지 그것은 알 수 없었다.

소문에는 그들이 작정하고 드래곤을 잡았다는 설도 있었으니 창고의 재산이 왜 그리 많은지 이해할 수 있는 일이었다.

"그럼 어떻게 해야 우리를 풀어주시겠습니까?"

엔드류의 질문에 레오는 에바를 힐끔 쳐다봤다. 아드리아에 비하면 보잘것없이 생긴 에바지만 또래의 여자를 본 적 없는 레오에게 그녀를 본다는 것은 신선한 감흥이었다.

'감히 할아버지를 마왕이라고 부른 놈들을 그냥 풀어줄 수는 없지. 가만… 그게 좋겠다!'

　괘씸죄를 적용하여 두고두고 갈굴 생각을 하고 있는 레오
는 짐짓 거만한 표정을 지으며 탈란에게 시선을 돌렸다.

　"탈란, 요즘 탑의 일을 하는 것이 힘들다고 하지 않았어?
아드리아도 혼자 고생하는 거 같고 말이야."

　"흐흐, 알아주시니 다행입니다."

　탈란과 아드리아 두 명으로 꾸려가는 탑의 일은 상당히 힘
에 겨운 일이었다.

　그래도 두 존재가 인간이 아닌 마족에 가까운 존재들이라
버티고 있을 뿐이었다.

　"좋아, 결정했다. 너를 비롯한 남자들은 탑의 일꾼으로 십
년간 일해라. 그리고 여자, 너는 아드리아를 도와 식모로 일
하고. 기간은 마찬가지로 십 년. 알았어?"

　"뭐, 뭐예욧? 감히 나에게 식모로 일하라니 그걸 말이라고
하는 건가요? 네?"

　"응! 너희는 포로고, 너희를 어떻게 대할지는 승자의 마음
대로지. 이상!"

　말을 마치자 손을 사정없이 흔들며 끌고 나가라는 신호를
보내는 레오는 귀찮다는 듯이 눈을 감아 버렸다.

　눈과 귀를 다 막아버린 듯한 그의 모습에 엔드류와 에바는
기가 막혔다. 하지만 사로잡힌 것이 잘못이었고 애초에 이 숲
에 들어선 자체가 미친 짓이었음을 한탄했다.

"이봐요! 대화를 좀 더 해요. 이보세요!"

"닥쳐라! 작은 주인님께 무례한 자는 내 손에 죽는다."

탈란이 진한 살기를 흩뿌리자 두 사람은 급히 입을 다물었다. 살기로 인해 오금이 저리고 얼굴이 파랗게 질릴 정도였으니 입이 안 벌어지는 당연지사였다.

"가자!"

탈란은 우악스런 손으로 두 사람의 뒷덜미를 잡아챘다.

"으으!"

"놔, 놔줘요."

에바와 엔드류는 공중에 뜬 채 풀려나기 위해 사력을 다했지만 별수없이 탈란의 손에 잡힌 채 레오의 방을 나가야 했다.

붉은 태양이 동녘을 환하게 밝혀올 무렵 이끼가 뒤덮인 탑은 그 빛을 받아 싱그러운 아침을 맞이했다.

그렇게 아침은 모든 사람에게 즐거움과 하루를 열어가는 활력을 주는 것이지만 딱히 그렇지 못한 이들도 존재했다.

탑의 지하에서 하루 밤을 지낸 엔드류와 그 일행들은 송곳니를 번쩍이며 문을 열고 들어온 거한을 보았다.

상급의 뱀파이어이자 레오의 집사인 탈란에 의해 공포에 떨고 있었다.

끼릭! 끼리릭!

구석에 처박혀 있던 용병들은 자신들의 목에 채워지는 핏빛 줄을 보며 불안에 떨었다.

협상을 한다고 나갔던 엔드류와 에바가 풀이 죽은 채 구석에 찌그러져 있는 모습을 봐선 협상도 틀어진 것 같았으니 그 불안감이 극에 달해 있었다.

"이게 뭐요?"

"뭔지 알려주고 채워야 할 거 아뇨?"

용병들이 불안한 기색이 역력한 채 묻자 탈란은 음흉한 미소를 지었다.

"별거 아니야. 그냥 이 탑의 주위에서 오백 미터만 벗어나면 줄이 터져 나가며 너희의 목이 잘라지는 거랄까? 에이~ 깔끔하게 죽을 테니까 너무 걱정들 말라고. 어때? 듣고 보니 별거 아니지?"

"으으......"

용병들은 싸늘하게 말하며 자신들의 등을 두드려주는 탈란에게 공포를 느끼다 못해 악마를 보는 것 같았다.

이렇게 악독하게 사람을 금제하는 자들이 있다는 것은 들어보지도 못했었다.

"자자, 이제 일어들 나라. 작은 주인님이 너희를 탑의 일꾼으로 쓰라고 명하셨으니 일들 해야지?"

송곳니를 드러내는 탈란의 말에 용병들은 에바와 엔드류를 원망스런 눈으로 노려봤다.

왜 이런 일을 벌여서 자신들을 노예가 되게 했냐는 원망인데 엔드류는 그 눈빛에 할 말을 잃고 고개를 숙였다.

"나중에 두고 봅시다."

미크러스는 분노가 담긴 일갈을 엔드류에게 보내고 탈란의 뒤를 따라갔다.

"아! 혹시라도 줄을 끊고 도망갈 생각을 하는 거라면 포기하는 게 좋을 거야. 내가 깜빡 잊고 말을 안 했는데 만일 하나가 끊어지면 다른 것들이 터져 나갈 거야. 알지? 일제히… 퍼엉! 흐흐흐!"

과장된 행동으로 터져 나가는 모습을 손으로 해보이며 목을 자르는 시늉을 하는 탈란의 얼굴에 음흉한 미소가 어렸다.

마치 해볼 테면 해봐라 남은 자들을 모두 죽게 하려면 그것도 나쁘진 않아라고 부추기는 것 같은 그의 언동에 일행은 숨을 죽였다. 이제 꼼짝없이 도망갈 생각을 버린 채 이들의 노예로 살아가야 했다.

"우리에게 무슨 일을 하라는 거요?"

미크러스가 이왕 할 일이면 대강의 업무에 대해 듣고 싶다는 생각에 탈란에게 물었다.

"흠… 일단 탑의 주변에 우거진 나무를 자르는 것부터 하지. 그리고 너희가 머물 집을 지어야겠지. 이 탑 안에 너희들의 쉴 곳을 마련해 줄 수는 없는 일이니까."

"알겠소. 모두 가자."

"미크러스님, 진짜로 일을 하실 생각이십니까?"

"안 하면? 이대로 죽잔 말이냐?"

"그건 아니지만……."

"칼자루를 쥐고 있는 건 저들이야. 힘이 없어서 당한 것은 우리고. 억울하면 저들을 이길 힘을 키워. 노예로 살아남아서라도 나는 복수를 할 거다. 알았어?"

일제히 고개를 끄덕이는 용병들의 모습에 미크러스는 강한 투기를 담아 탈란에게 흘려보냈다.

앞으로 노예가 되어 살아가더라도 뒤통수를 후릴 준비를 하겠다고 선전포고를 하고 있는 것이니 그의 성정이 어떠한지 탈란은 잘 알 것 같았다.

'이자가 리더인 모양이군. 꽤 쓸 만한 놈 같은데… 조금 더 두고 봐야겠다.'

탈란은 뱀파이어인 자신이 레오를 따라다닐 수 없다는 것에 이들 용병들을 훈련시킬 생각이었다.

지금 이대로의 용병들이라면 기사들에게 덤비는 것도 무리일 정도였다. 하지만 자신이 알고 있는 레오가 익힌 무예를 조금 전해주면 기사들 정도야 오크를 씹어 먹는 오우거처럼 간단하게 해결할 수 있을 것이었다.

"도전은 언제든 환영하지. 하지만 지면 그때마다 노예생활이 일 년씩 늘어나게 될 거야. 지금이 시작이니 앞으로 십 년이 남았지 아마?"

"큭, 이대로 끝나진 않을 거요. 나 미크러스가 용병 바닥에서 얻은 별명을 안다면 말이요."

"흐흐, 그러든지."

미크러스는 이를 갈며 탈란을 따라 밖으로 나섰다. 올 때는 몰랐지만 밖에 나와서 탑을 보니 탑이라기보다 일종의 요새와 같이 지어진 건물이었다.

5층밖에 안 되는 높이를 지닌 탑이었는데 수백 명은 들어갈 수 있을 정도로 크게 지어진 것을 보면 꽤 전투에 알맞게 설계된 것이 분명했다.

"받아라."

탈란이 용병들 앞으로 들고 들어온 도끼를 집어 던졌다.

휘리릭! 파각!

날카로운 날이 땅에 박히기 전까지 용병들은 자신들을 향해 날아오는 도끼날을 피해 사방으로 피하며 욕설을 퍼부었다.

물론 탈란에게 들리지 않게 하느라 구시렁거리는 모양새가 됐지만 말이다.

"그 도끼로 저 나무들을 베어내라. 탑의 방원 오십 미터를 베어내면 된다."

"그거만 하면 되는 거요?"

미크러스의 물음에 탈란은 고개만 흔들었다.

"큭, 별거 아니잖아. 알겠소. 시작들 하자."

"알겠수."

용병들이 도끼를 집어 들고 각자 베어낼 나무를 향해 갔다. 하지만 우두커니 서 있는 엔드류는 용병들의 움직임을 지켜볼 뿐 일을 할 생각을 하지 않고 있었다.

"야! 너는 왜 안 가?"

"지금 나도 하란 말이오? 내가 누군지 알고 이러는 겁니까? 나는 스베인 왕국의 공작이신 마브러스 폰 미르토가님의 아들이란 말이오. 그런 내게 도끼질을 하라니 그게 말이나 된다고 여기는 겁니까?"

아직도 정신을 차리지 못하고 버럭 소리를 지르며 대드는 엔드류를 보며 탈란은 기꺼운 미소를 지었다.

'네가 지금 매를 버는구나. 크크크!'

탈란이 손마디를 꺾으며 엔드류에게 다가가자 엔드류의 뒤에 서 있던 마법사가 목줄을 목에 건 채 엔드류의 앞을 막아섰다.

"뭐하는 겁니까?"

"별거 아니야. 가볍게 체조를 좀 해볼까 해서."

그 말이 무슨 뜻인지 모르는 마법사와 엔드류는 약간 겁먹은 표정으로 탈란의 모습을 지켜만 봤다.

굳은 뼈를 풀기 위해 발목과 손목을 돌린 탈란이 거침없이 발로 마법사의 턱을 걸어 올렸다. 그런 탈란에 의해 마법사는 비명도 지를 틈 없이 공중을 날았다.

쿠웅!

"우욱!"

턱을 감싸 쥐고 고통스러워하는 마법사는 자신이 왜 탈란에게 대들었는지 그것을 후회했지만 이미 때는 늦은 다음이었다.

마법사는 잠시 후 잦아드는 고통에 정신을 차리고 엔드류의 모습을 바라봤다.

퍼억!

"큭!"

퍼퍽!

"커헉!"

고통의 비명을 지르는 엔드류는 저항할 엄두도 내지 못한 채 탈란이 내지르는 주먹을 고스란히 얻어맞고 있었다.

솥뚜껑 같은 탈란의 주먹은 조막만 한 엔드류의 얼굴을 제외한 전신을 빠짐없이 어루만지며 혈액순환을 사정없이 도와

주고 있었다.

"그만! 그만… 하, 하겠소. 그러니 제발 그만하시오."

정신없이 얻어맞던 엔드류는 십여 분이 넘게 지속된 구타에 마침내 백기를 들어 올렸다.

두 손으로 얼굴을 가린 채 웅크리고 있는 엔드류의 모습에 탈란은 손을 탁탁 털어냈다.

"일해. 네놈은 특별히 나무 백 그루를 베어내는 막중한 임무를 내리겠다."

"아, 알았소."

탈란의 주먹 세례를 경험한 엔드류는 있는 힘을 다해 고개를 끄덕거리며 하겠다며 나섰다.

얻어맞느니 도끼질하는 것도 나쁘지 않았다. 게다가 자신은 기사가 아니던가.

검을 휘두르는 일은 10년이 넘는 세월을 해온 일이고 나무를 베어내는 일쯤은 그리 어렵지 않은 일에 불과했다.

"퉤!"

도끼질을 하기 전에 손바닥에 침을 뱉은 뒤 고루 발랐다. 침은 접착성이 약간 가미되어 있기 때문에 도끼가 미끄러지는 것을 방지해 준다. 일을 좀 해본 사람은 침을 살짝 뱉는 것을 당연히 알고 있었다.

"으차!"

부웅 하며 횡으로 뻗어가는 도끼가 시원스럽게 흑갈색의
나무 하단을 때렸다.

나무에 박혀 들어갈 것이란 생각밖에 달리 하지 않았던 미
크러스는 갑자기 밀려오는 우왁스런 통증에 절로 입이 벌어
졌다.

"으악!"

비명을 한껏 내지른 미크러스는 눈물을 찔끔거리며 손목
을 부여잡았다.

도끼는 어느새 공중에서 빙글 돌며 바닥으로 떨어져 내리
는 중이었다.

"왜 그러우? 무슨 일이라도 있는 거유?"

"미크러스님 무슨 일입니까?"

용병들이 걱정스러운지 입을 모아 물어왔다. 그러자 미크
러스는 그들에게 손을 뻗어 모두를 불렀다.

"잠깐 도끼질하지 말고 이리로 와봐."

미크러스의 부름에 용병들은 도끼질을 하려던 것을 멈추
고 그의 주변으로 모여들었다.

"이걸 봐."

미크러스가 보여주는 것은 자신이 찍은 나무 하단부의 생
채기가 난 지점이었다.

날카롭고 단단한 도끼로 찍은 것 치고는 너무 보잘것없이

작은 생채기였다.

"헉……."

"설마……."

용병들은 나무를 보며 그 지독한 강도를 자랑하는 포프러트 나무, 일명 철심목을 떠올렸다.

오죽 단단하면 철심이 박힌 것 같다고 하여 철심목이라고 이름을 붙였을까?

"이걸 어찌 베란 말입니까? 마나소드를 사용하는 기사들도 간신히 수십 번을 찍어서 쓰러뜨린다는 포프러트를 말입니다."

"우리를 죽이겠단 말밖에 안 됩니다. 이건."

용병들은 이를 갈아 붙이며 탈란에게 따졌다. 그러나 그는 어깨만 으쓱거릴 뿐 입가에 생뚱맞은 미소를 지어보이며 알아서 하라는 제스처를 보내올 뿐이었다.

"탈란, 왜 그래?"

용병들이 일을 하기를 멈춰 서서 탈란을 죽일 듯이 노려보고 있는 광경을 보고 레오가 걸어 나왔다.

등에 짊어지고 있는 플랑베르쥬가 날카로운 이빨을 드러내고 있는 것에 용병들이 말문을 닫았다.

"오셨습니까?"

탈란이 깍듯하게 레오를 맞이하고 대강의 사정을 설명했

다. 포프러트 나무의 강도는 익히 알고 있는 바였고 이런 일
이 벌어질 것이라는 것도 대강은 짐작했었다.

놔두면 고생을 하든 말든 용병들이 알아서 할 것이니 신경
안 쓴다는 탈란의 말에 레오의 입가에 슬며시 미소가 번졌다.

"별것도 아닌 것을 가지고 왜들 저러는지 모르겠군. 저런
나무는 그냥 한 번 찍으면 넘어가는 거 아녔어?"

"뭐라구요? 어디 한 번 시범을 보여주십시오. 진짜 한 번에
넘어가면 우리도 하겠습니다. 하지만 그렇지 못할 때는 이 일
은 안 할 겁니다."

"훗! 그러든지."

레오는 미크러스가 떨어뜨린 도끼를 집어 들었다. 묵직한
기운이 느껴지는 도끼는 포프러트 나무를 베어내기 위해 제
작된 것이었다.

그래서 그런지 예리함에 단단함, 그리고 무게감까지 가미
된 최상급의 도끼였다.

전투용으로 사용해도 무방할 정도로 특별히 제작된 것이
마음에 들었다.

"흐웁!"

레오는 심호흡을 가다듬으며 나무를 바라봤다. 그러곤 천
천히 나무에서 전해오는 기운을 느꼈다.

'저기다.'

나무의 기운이 가장 약한 부분을 느끼자 레오의 팔이 부드럽게 움직였다.

역천마신공을 팔성까지 익힌 레오였다. 본래의 천마신공에 비하면 2/3의 위력밖에 없다지만 팔성의 역천마신공이면 이 땅의 기준으로는 마스터 상급 이상에 해당하는 경지였다.

그런 그의 능력으로 포프러트 나무쯤이야 우스운 일이긴 했지만 마나를 사용하지 않고 베어내려는 것이라 무예의 가장 기본에 입각하여 도끼를 휘두른 것이었다.

파앗!

도끼가 나무를 통과한 것처럼 휘둘러지자 사람들은 멀뚱하게 어찌된 영문인지 몰라했다. 그 때 레오가 도끼를 바닥으로 던지며 말했다.

"넘어간다! 알아서 피하라고."

그 말의 의미를 몰라 나무를 살피던 자들은 나무를 자신들 쪽으로 살짝 미는 탈란에 의해 사태를 파악했다.

"우우!"

"말도 안 돼……. 사기다!"

용병들은 나무가 넘어지는 방향을 피해서 레오에게 야유를 퍼부었다.

이런 도끼질이라는 것은 한 번도 본 적이 없을 뿐더러 자신들의 실력으로는 불가능에 가까운 일이었던 것이다.

“훗! 실력이 없으면 배우려고나 하든지. 모든 것은 약한 부분이 있게 마련이고 그 부분을 찾아 찍으면 넘어가게 되는 것이 당연한 거다.”

그 말을 듣는 용병들은 이 엄청난 실력자가 하는 말을 귀담아 듣기 위해 귀를 쫑긋 세웠다.

“나무만 그런 게 아니고 사람도 마찬가지라고. 아니지, 이 세상에 존재하는 모든 생명이 그렇다고 봐야지. 알려달라고 하면 알려줄 마음이 있지만 그런 자세는 배움에 대한 자세론 영 꽝이야.”

레오의 말에 처음에는 귀를 열었던 용병들은 시큰둥한 반응이었다. 하지만 미크러스는 뭔가 느끼는 바가 있는지 놀라움에 가득해진 얼굴로 레오에게 다가왔다.

“그걸 나도 배울 수 있다는 말입니까?”

미크러스의 열망에 가득한 눈빛에 레오는 고개를 끄덕였다.

“물론! 너희가 포로로 잡혀서 이 탑의 일꾼으로 살아가야 하겠지만 그 기간 동안 나는 너희에게 너희가 원하는 것을 해 줄 거야. 그것이 기사들을 우습게 볼 수 있을 정도의 실력이라면 그에 맞는 무예를 가르칠 것이고 돈을 원하면 임금을 지급하도록 하지. 너는 무엇을 원하지?”

레오의 질문에 미크러스는 두 번 생각하지 않았다. 바로 입

을 비집고 나오는 단어가 다른 모든 용병들의 마음을 대신해
주었다.

"검술을 알려주십시오."

미크러스의 말에 다른 용병들이 전부 달려와 외쳤다.

"우리에게도 검술을 알려주십시오."

그들은 레오의 그 기이한 움직임과 무술 실력을 이가 갈리
도록 경험한 바 있었다.

그 실력을 자신들이 배운다면 제국의 이름난 기사들도 웃
으며 무너뜨릴 수 있을 거라는 기대와 열망에 부풀어 입을 모
았다.

"좋아, 알려주지. 하지만 선제 조건이 있어. 향후 십 년간
맡은 바 일을 다 하고 남은 시간에 배울 것. 하겠나?"

레오의 말에 미크러스는 달리 생각할 겨를도 없이 진심에
서 우러나오는 고함을 질렀다.

10년의 세월이 길다 하면 긴 시간이지만 아직 자신의 나이
는 서른 살도 안 된 젊은 나이였다.

그 뒤에 대륙에 명성을 날리는 초특급 용병이 될 수 있다면
그 시간은 노예생활이 아니라 확실한 미래를 위하 투자였다.

"그걸 말이라고 합니까. 잠을 안 자는 한이 있더라도 반드
시 배우겠습니다."

"우리도 그렇습니다."

용병들의 열의에 찬 얼굴에 레오는 이들을 가르치는 것도 재미있을 것 같다는 생각이 들었다.

비록 나이는 자신보다 많아 마나길이 많이 손상되어 있어 높은 경지에 들어가는 것은 힘들지도 몰랐다. 하지만 나름대로 강한 실력자라는 소리를 들을 수 있도록 해주겠다는 마음이 절로 들게 만드는 학생들이었다.

"탈란!"

"네, 작은 주인님!"

"저사람들 목에 걸려 있는 거 풀어줘. 따지고 보면 저자들은 피해자들인데 너무하잖아. 왜 시키지도 않은 짓을 하고 그래?"

"아……."

"가, 감사합니다."

미크러스 등은 자신들의 목에 걸린 목줄이 레오의 뜻에 의해서 걸린 것이 아님을 깨달았다. 그러자 무예를 가르쳐 준다는 것까지 합쳐져서 레오에 대한 진정한 마음이 우러나오기 시작했다.

"알겠습니다. 해제!"

후웅! 투두둑!

미크러스 등의 목에서 목줄이 풀어지며 바닥으로 떨어져 내렸다. 그러자 감격에 찬 용병들은 진짜 열심히 일하고 배우겠다는 마음을 다지며 레오를 우러러 보았다.

"저기… 나도 가르쳐주면 안 될까요?"

머뭇거리며 서 있는 엔드류는 자신에게도 무예를 가르쳐주기를 바란다는 말을 어렵사리 꺼내며 도끼 자루를 만지작거렸다.

"넌 안 돼."

"그런 말이 어디 있습니까? 저 사람들은 배울 수 있고 나는 안 된다는 것은 형평성에서 어긋나는 일이잖습니까?"

"저 사람들은 어떻게 보면 피해자라고 할 수 있지. 하지만 너는 저들을 고용해서 내 할아버지들을 욕한 장본인이야. 그런 놈에게 할아버지들께서 평생을 바쳐가며 해독해 낸 무예를 가르친다면 나는 세상에 둘도 없는 나쁜 놈이 되는 거야. 알겠어?"

"그, 그건… 저도 피해자란 말입니다. 에바의 꼬임에 넘어가 이 숲으로 들어온 거라구요. 내가 이 숲에 살던 그 분들을 어떻게 알겠습니까? 지금 그분들을 욕보인 것을 무척이나 후회하고 있습니다. 물론 반성도 하고 있고요. 그러니 알려주십시오. 네?"

자신만 그 마왕이 펼치는 무예를 배우지 못한다는 것에 어떻게든 레오를 설득하려고 하는 엔드류는 읍소작전으로 나왔다.

울먹이는 눈에 글썽이는 눈물이 흘러내리려 하자 레오는
별 웃기는 놈 다보겠다는 생각에 정색하며 버럭 소리를 지르
려고 했다.

"나도 형을 이겨보고 싶었다구요. 가문을 빛낼 천재가 태
어났다고 아버지께서 애지중지하는 형을 이겨보고 싶었단 말
입니다. 뭐든 좋은 것은 다 가지고 태어난 형을… 내가 어떻
게 이깁니까? 난 형과는 달리 어디서 주워온 놈인지 형보다
배는 더 수련에 매달려도 안 되는 걸요."

처음으로 진심 어린 말을 늘어놓는 엔드류를 보며 레오는
멈칫거렸다.

자신은 형제가 없어서 그런 경쟁심이 있는 것은 모르지만
그럴 수도 있겠다는 생각이 들었다.

만약 자신도 형이 있고 할아버지들의 사랑을 독차지하는
삶을 살았다면 저 엔드류처럼 무모한 모험을 했을 수도 있을
거란 생각이 들자 적개심이 가라앉았다.

'큭! 알고 보니 저놈도 무지 불쌍한 놈이었네. 그런 사연이
있을 줄이야.'

레오는 엔드류의 마음이 진심이라는 것을 알았다. 그러자
이전까지 가지고 있던 분노가 모두 사라지고 측은한 마음이
들었다.

"좋아. 너에게 선택권을 주지. 여기서 일하면서 배울래, 그

냥 돌아갈래? 지금 돌아간다면 그냥 풀어주도록 하지."

레오의 물음에 엔드류는 두 번 생각할 것도 없다는 듯이 외쳤다.

"배우겠습니다!"

단호한 의지를 내보이는 엔드류를 보며 레오는 그 의지가 가상하다는 생각을 가졌다.

"그렇다면 너도 가르쳐주지. 하지만 조건이 있어."

"정말이요? 그게 뭡니까?"

"귀족으로 대우해 달라는 말을 한마디라도 꺼낸다면 그땐 죽는 게 더 편할 거야. 알겠어?"

"그건……."

"왜 싫어?"

레오는 엔드류의 눈을 바라보며 그의 결심이 어떠한지 알고 싶었다.

티엔마르의 무예서에 나와 있는 수많은 무예 중에서 한 가지만 제대로 배워도 이 땅에서 강자의 반열에 오를 거라는 막스 할아버지의 말을 들었던 그였다.

그리고 함부로 사람들에게 그 무예가 전해져서는 안 된다는 경고를 받았으니 그 유언을 따르기 위해 심지가 굳고 열의가 있는, 그리고 자신의 일에 도움이 될 수 있는 자들에게만 가르칠 생각이었다.

그에 부합되는 것이 용병들이었기에 별 문제가 되지는 않지만 엔드류는 달랐다. 귀족, 그것도 공작가의 아들이었다.

그에게 귀족의 특권을 버리게 만들어야 앞으로의 일에 써먹을 수 있으니 처음부터 짚고 넘어가야 할 문제였다.

"기한 동안에는 미르토가의 성을 버리겠습니다. 이제부터 나는 그냥 엔드류일 뿐입니다."

마침내 결심을 했는지 엔드류가 미르토가의 성을 십 년 동안 사용하지 않겠다는 다짐을 했다.

그 모습에서 그의 결의를 느낄 수 있었다. 물론 거짓말했다고 한다면 소용없는 일이겠지만 강함에 대한 열망을 가진 엔드류의 눈에는 순수한 열정이 엿보일 뿐이었다.

"좋아. 이제부터 너도 저들과 같이 생활하며 배우도록 해."

"감사합니다."

엔드류가 고개를 숙이며 물러나자 지금껏 기회를 보고 있던 에바가 튀어나왔다.

"저, 저는 집에 가도 되나요?"

"너? 안 돼!"

"왜, 왜요?"

"넌 주동자잖아!"

레오의 단호한 음성에 에바는 절망을 느끼며 좌절에 겨운

포즈로 절규했다. 그런 그녀를 뒤로한 채 레오는 탈란을 불렀
다.

"탈란!"

"네, 작은 주인님."

탈란은 레오가 뭔가를 시키려는 것을 느끼고 얼른 그의 앞
으로 움직였다.

"저들… 이름이 뭐지?"

레오가 저들에게 뭔가를 시키라는 말을 하려고 하다가 이
름도 모르고 있다는 것에 미크러스를 향해 물었다.

"미크러스입니다."

"숀이라고 합니다."

용병들이 앞다투어 자신들의 이름을 밝히자 레오는 알았
다는 듯이 손을 흔들어 그들을 제지하고 미크러스를 지목했
다.

"앞으로 미크러스를 책임자로 해서 탑의 일을 꾸려가도록
해. 일과가 끝나면 바로 탑의 뒤쪽에 있는 수련장으로 데리고
오도록 하고. 알았지?"

"네, 그리하겠습니다. 작은 주인님."

탈란은 자신이 가르쳐서 레오의 부하로 만들려고 했던 수
고를 덜게 되자 흐뭇한 미소를 지으며 대답했다.

이제 인간으로 태어난 인간에 대한 정을 잘 모르고 살아온

레오가 인간답게 살 수 있을 거라고 생각하자 절로 지어지는 미소였다.

"지금부터 수련을 할 예정이니까 탈란은 일을 시키고 나를 좀 도와줘."

"네, 잠시만 기다리십시오. 곧장 가도록 하겠습니다."

탈란에게 말을 마친 레오는 탑의 뒤로 돌아갔다. 자신이 지금까지 수련해 온 곳으로 가는 걸음이 유난히 가벼운 것을 보면 모든 일이 잘 풀려간다는 생각으로 즐거운 마음이 행동으로 나타나고 있었다.

파바방!

매섭게 돌아가는 도끼가 가상의 적들을 짓이기듯 공간을 갈랐다. 표홀한 움직임을 따라 쳐 올려지고 때론 내려치는 동작이 레오에 의해 일어나고 보는 이들은 눈을 동그랗게 떴다.

마치 그 도끼가 자신의 머리를 내려치는 것 같은 충격에 몸서리를 쳤다.

"후우, 다 봤어?"

레오가 도끼를 멈추며 미크러스에게 물었다. 하지만 미크러스를 비롯한 용병들은 고개를 가로 저었다.

동작이야 보긴 했지만 눈으로 따라잡기 힘든 빠르기와 붉은 빛이 일렁이며 도끼의 움직임을 가리는 통에 도통 알아보기 힘들었던 탓이다.

"그냥 무섭다는 느낌밖에 들지 않았습니다."

미크러스의 진술한 말에 도끼를 휘둘렀던 레오의 입가에 미소가 어렸다.

자신이 지금 펼친 무예는 도끼를 사용하여 적들을 상대하는 무공이었다.

막스 노인이 해석해 놓은 바에 의하면 피가 난무하는 잔인한 무예라고 했었다.

자신도 익히기는 했지만 잔인함과 상대방을 억누르는 기세가 실린 강력한 힘이 바탕이 된 무공이었다.

덕분에 성정에 맞지 않아 제대로 익히진 않았었지만 용병들에게 맞는 무공을 찾다보니 이것이 가장 좋을 것 같다는 생각에 보여준 것이었다.

Chapter 07
지도

전쟁은 가장 고급스러우며 잔학한 투쟁의 표현이다. 그리고 그
에 휘말린 자들의 가장 우아한 몸짓이 바로 검술이다.
—막시밀리안 폰 비트 대공

　나이가 제법 든 용병들의 눈빛은 레오의 동작과 말을 하나
라도 놓치지 않겠다는 듯이 빛나고 있었다. 그들의 열의를 느
끼는 레오는 친절하게 설명을 해주었다.

　"블러드배틀엑스라고 하는 무예야. 말 그대로 전투에서 사
용하는 것으로 가장 원초적인 투쟁심이 바탕이 된 것이지. 폭
발적인 기세와 파괴에 대한 본능을 가지고 펼쳐야 하지. 자
천천히 할 거니 잘 보도록 해."

　스슷.

　왼발을 앞으로 내밀며 비스듬히 들고 있던 도끼를 사선으

로 쳐올렸다. 느릿느릿 펼치는 레오의 동작을 바라보는 용병들은 최선을 다해 기억하려 애썼다.

후웅 소리가 나도록 강하게 쳐올린 동작과 그 다음 이어지는 짧게 원을 그리고 방향을 바꿔 내려치는 간단한 동작이었다.

그 동작은 적의 무기를 쳐 올려 틈을 만들어낸 뒤 그대로 견정혈, 즉 어깨 부분을 공격하는 초식이었다.

"무공의 기본은 미리 준비된 공격패턴을 말하는 거라고 할 수 있어. 내가 이 동작을 해서 공격을 하면 적이 어떻게 나올까를 미리 예측하여 공격하는 방법이라고나 할까?"

그렇게 말한 후 다시 한 번 떠올리라는 듯이 약식으로 동작을 펼치며 이야기했다.

"지금 보여준 것이 강력한 힘으로 적의 무기를 쳐내서 밀린 틈을 타 자신에게 가장 가깝게 보이는 어깨를 찍는 공격법이지. 이젠 빠르게 할 거니까 잘 봐."

도끼를 두 손으로 잡은 뒤 모든 육체적인 힘을 실었다. 그리고 동작의 묘를 최대한 살리려 했다.

그런 정성이 담긴 도끼가 쳐올려지고 다시 돌려서 내려찍는 것을 보는 용병들은 간단한 동작이지만 그 동작에 담긴 힘과 기세를 기억하려 노력했다.

레오는 한 차례의 동작 시범이 끝나자 다시 무예에 대한 원리를 설명했다.

"이 블러드배틀엑스에는 여섯 가지 상황에 따른 서른두 개의 공격패턴이 존재해. 그러니 그것을 응용하여 펼친다면 수천 가지가 넘는 공격법이 만들어지는 거지."

"아, 그렇군요."

"대단하군요."

용병들은 자신들이 배울 무공이 어떤 형식으로 이루어져 있는지에 대하여 듣고는 손뼉을 치며 기뻐했다.

제대로 된 명가의 무술을 익힌다는 것은 이들에게 꿈에서나 가능한 일이었다.

그 불가능에 가까운 것을 이렇게 직접 배우게 되자 그 감격이 너무 커서 별로 놀라지 않아도 되는 부분에서도 크게 놀라고 즐거워하게 만들었다.

"이 동작을 마나를 실어서 하면 이런 모습이 되지. 잘 봐."

역천마심법을 최대한으로 운용하여 내공을 도끼에 실은 뒤, 앞으로 유려하게 쏘아져 나가는 레오의 몸이 폭발적인 기세를 담아 도끼를 쳐냈다.

분명 사선으로 쳐올리는 동작이 분명한데 용병들의 눈에는 그 도끼가 대여섯 개로 늘어나 공간을 난도질하는 것 같은 착각이 일어났다.

마지막으로 빙글 휘돌린 도끼가 다시 내려칠 땐 붉은 달 모양의 기둥이 내려 긋는 모습이었다.

"우와아아!"

"어, 어떻게 저런 움직임이 나올 수 있단 말인가……. 우우!"

미크러스는 도저히 자신의 눈을 믿을 수 없었다. 간단한 동작이라 생각했던 것이 자신 같은 용병들은 막을 엄두를 내지 못하는 무적의 공격법으로 다가오자 머리가 혼란스러웠다.

"이런 움직임을 원해? 그럼 기본에 충실해야지. 내 할아버지께서는 곰같이 단단한 어깨와 다리, 고양이처럼 유연한 손목과 발목을 만들었을 때 이런 움직임도 가능해진다고 누누이 강조하셨거든."

레오는 혼란스러워하는 미크러스의 어깨를 두드려주며 말을 이었다.

"기술도 중요하지만 그것 못지않게 충실한 신체를 만들라고. 그런 의미에서 내가 됐다고 할 때까지 몸을 만들도록 해."

"끄응……."

"몸은 자신있습니다만."

용병들 중에서 신체에 자신있는 몇몇 사람들이 앞으로 나서며 팔을 걷어붙였다.

드러나는 팔뚝의 근육이 제법 불거져 있는 것이 힘깨나 쓰게 생겼다는 인상을 받게 만들었다. 하지만 레오는 고개를 저었다.

어릴 때부터 마상보, 즉 기마자세부터 시작하여 온갖 극악한 동작훈련을 수십 킬로그램이 넘는 쇳덩어리를 차고 수련해 온 그였다. 그런 밑바탕이 있기에 지금의 무예가 자연스럽게 펼칠 수 있는 것이었다.

극악한 수련을 이겨낸 레오에게 용병들의 근육은 별로 신통치 않아 보일 수밖에 없었다.

"기마자세로 반나절을 버틴다면 인정해 주지. 하지만 조금이라도 엉덩이가 올라오거나 주저앉으면 내가 말한 대로 수련을 해야 할 거야."

"헉!"

"반나절씩이나."

용병들은 말을 잃었다. 반나절을 기마자세로 버틴다는 것은 초인적인 의지와 체력이 바탕이 되지 않는다면 불가능에 가까웠다.

마나를 사용하지 않고 실제로 그걸 해낼 수 있는 사람이 몇이나 될지 그것도 의문이었다.

"자~ 시작해!"

레오가 말을 마치자마자 그대로 바위에 몸을 눕히고 눈을 감아 버렸다.

　말한 것을 하기 전에는 수련이나 배움은 턱도 없다는 그의 무언의 대화에 미크러스는 이를 악물었다.

　'반드시 해내고 만다. 내 앞날을 위해서 그리고 내 가족들을 위해서……'

　집에서 자신만 기다리고 있을 늙은 부모님의 얼굴을 떠올리며 미크러스는 기마자세를 취했다. 그리고 기다란 천 조각으로 머리를 동여매며 정신을 가다듬었다.

　육체적인 것보다는 의지가 더 강하게 작용하는 것이 기마자세였으니 이를 악물고 도전하려는 것이었다.

　'꽤 버티는군. 삼십 분이 한계일 줄 알았는데.'

　레오는 용병들이 이를 악물고 버티는 것을 실눈을 뜨고 바라봤다. 자신이 보든 안 보든 묵묵히 자세를 유지하고 있는 그들의 열의에 감탄하며 슬그머니 도로 눈을 감았다.

　배움에 대한 열의로 가득한 그들의 모습에서 한동안 눈을 뜰 일은 없을 것이라 판단했다.

　"으으."

　두 시간이 넘어서자 처음으로 신음 소리를 내는 사람이 등장했다. 다리는 금세라도 꺾어질 것처럼 흔들리고 이를 악문 얼굴엔 땀이 비오듯 흘러내렸다.

　"탈락!"

　쿠웅!

레오가 신음을 내는 사람을 손가락으로 지목하자 지목당한 사람은 한계를 넘어서는 것을 버티지 못하고 무너져 내렸다.

둔탁한 소음을 내며 무너진 사내는 스스로에게 화가 나는지 씩씩거리며 한동안 하늘을 바라봤다.

"하아… 하아……. 처음부터 하겠습니다."

자신의 한계를 느끼고 처음부터 수련하겠다는 말을 하고 사내는 무거운 발걸음을 옮겨 수련장을 빠져나갔다.

그렇게 한 사람이 탈락하자 그때를 시작으로 시차를 두고 한명씩 사라져 갔다.

마지막으로 남은 것은 미크러스와 이런 수련을 한 번도 안했을 것 같은 엔드류만이 남았다.

두 사람은 서로를 노려보며 이를 악물고 참아냈다. 절대 질 수 없다는 자존심으로 버티는 것에 레오는 이를 드러내며 웃었다.

경쟁이 때로는 자신이 낼 수 있는 힘의 한계를 깨뜨리는 거라는 걸 보는 것이 즐거움으로 다가온 것이다.

"그 정도면 됐어. 두 사람의 정신력은 높게 평가해 주지. 둘 다 합격이야."

레오가 두 사람에게 합격이라는 말을 했음에도 불구하고 두 사람은 기마자세를 풀 생각을 하지 않았다.

그들은 이를 앙다문 채 서로를 노려보며 먼저 일어나라는
눈빛을 보내고 있었다.

"먼저 일어나시죠? 연로하셔서 피로회복도 늦으실 건데."

"무슨 소리 어린 자네가 먼저 일어나야지. 나 같은 용병은
워낙에 잡초처럼 굴러다녀서 그런지 이런 것에는 익숙하거
든. 하하하!"

굵은 땀방울이 콧잔등을 타고 흘러내리면서도 그런 말을
하는 미크러스의 말에 엔드류는 오기가 생기는지 고개를 돌
리면 눈을 감아버렸다.

미크러스가 먼저 일어날 때 까지 자신은 절대 일어날 수 없
다는 행동이었다.

"빠드득. 해보겠다 이거지?"

"물론."

"흐흐 그럼 예전에 하던 장난을 좀 해볼까?"

용병으로 오랜 세월을 굴렀던 미크러스는 장난스런 기운
이 감도는 얼굴이 되어갔다.

입꼬리가 말려 올라가고 눈은 더욱 작아지며 뭔가 흉계를
꾸미고 있다는 것을 보여주었다.

"숀!"

"미크러스, 나 불렀어?"

미크러스와 함께 용병세계에 뛰어는 숀은 작은 체구지만

날렵함을 무기로 살아남은 용병이었다. 잽싸게 달려와 미크러스의 앞에 섰다.

"저 녀석 엉덩이와 내 엉덩이 밑에 단검을 박아라."

"너 설마 그걸 할 작정이냐?"

"흐흐, 물론이지. 언제든 내려올 수 있는 것과 내려가지 못할 때가 다른 것이 이 수련의 재미거든."

미크러스의 말에 숀은 도리질을 치며 불쌍하다는 듯이 엔드류를 쳐다봤다.

어쩌다 이런 놈에게 걸려 이런 봉변을 당하는지 모르겠다는 표정에 엔드류가 낮게 으르렁거렸다.

"어서 박으시오. 그깟 단검 따위에 겁먹을 내가 아니니까. 흥!"

"후회하지 마슈."

숀은 후회하지 말라는 말을 하며 두 자루의 단검을 빼 들어 두 사람의 엉덩이 정중앙 바로 밑에 꽂았다.

반나절에 가까운 마보 수련으로 다리는 일어서지 못할 정도인 상태였다.

내려가는 것 외에는 다른 방법이 없는 상황에서 단검을 엉덩이 밑에 박아 놓은 것이었다.

처음에는 아무 생각도 없던 엔드류는 갑자기 다리가 더 아파오는 것 같았다.

‘귀족의 이름도 버린 나다. 이까짓 고통을 참지 못한다면 이름을 버린 것이 무슨 소용이란 말이냐. 죽는 한이 있어도 너에게만은 이기고 만다.’

엔드류는 사생결단이라는 단어를 떠올렸다. 반드시 이 대결을 이겨내고 자신의 결정이 옳았다는 것을 스스로에게 입증해 보이겠다는 결의를 다지자 다리의 고통이 사라지기 시작했다.

“거참. 별스런 대결도 다 보겠군. 하긴 이런 것도 남자라면 능히 할 수 있는 일이긴 하지.”

레오는 두 사람의 대결을 바라보며 남자의 오기가 어떤 것인지 느낄 수 있었다.

무모할 정도로 바보 같은 싸움도 마다하지 않는 것이 남자라는 생각에 희미하게 웃으며 두 사람을 바라봤다.

스르륵!

“으윽!”

다리가 풀려 엉덩이가 내려가자 박혀 있는 단검의 날카로운 끝이 엉덩이를 파고 들어왔다.

그 고통에 미크러스는 초인적인 힘을 발휘하여 엉덩이를 들어올렸다.

벌써 십여 번도 더 찔린 상황이었지만 엔드류는 미동도 하지 않았다.

　자신의 의지력을 상회하는 독한 놈이라는 욕설이 입 밖으로 튀어나올 뻔했다. 하지만 그건 자신의 패배를 인정하는 것과 다를 바 없었다.

"으으……."

　점점 신음은 흘러나오고 다리는 밑으로 축축 늘어졌다. 하지만 오기 때문에 엉덩이에 구멍이 나는 한이 있어도 버텨야 한다는 것이 그를 괴롭혔다.

　'아, 안 되는데… 저런 귀족가의 샌님 따위에게 진다면 내가 지금까지 자부해 오던 것은 뭐란 말이냐. 버텨야 한다.'

　버텨야 한다는 생각만 되풀이하며 머릿속으로 외치고 또 외치길 십여 분쯤 했을까?

　더 이상 버티지 못하고 허물어져 가는 신체에 정신력도 바닥이 나버리고 말았다.

"져, 졌다."

　최후의 힘이 떨어지자 미크러스는 죽어도 하기 싫었던 말을 하며 고개를 숙였다.

　그리고는 더는 버틸 힘이 없어 엉덩이에 닿을락 말락한 단검을 피해 옆으로 몸을 굴렸다.

　팔꿈치부터 떨어져 내려 제법 아픔이 전해져 왔지만 다리의 고통이 너무 심한 탓에 팔의 고통은 대수롭지 않았다.

"흐, 흐흐흐… 내가 이, 이긴 거지? 그렇지?"

미크러스는 실성한 듯 말하는 엔드류에게서 위험함을 느꼈다. 하지만 자신의 모든 힘은 바닥이 난 상태, 엔드류를 붙잡을 기력은 존재하지 않았다.

"저놈 잡아. 어서!"

마지막 남은 힘을 다 쏟아내서 엔드류를 잡으라고 외쳤지만 이미 엔드류의 몸은 밑으로 떨어져 내리고 있었다.

금세라도 엉덩이를 단검이 파고들고 말 것이란 생각에 미크러스는 두 눈을 질끈 감았다.

자신의 오기로 인해 젊은 놈 하나를 요절시켰다는 것이 미안할 따름이었다.

'미안하다, 괜히 그런 짓을 해서……'

속으로 속죄의 말을 할 때 따앙 하는 쇳소리가 들렸다. 그 소리 뒤로 비명이 들리지 않자 미크러스는 단검이 어떤 힘에 의해 날아갔음을 느끼고 눈을 살포시 떠서 엔드류를 바라봤다.

바닥에 쓰러진 엔드류는 입가에 미소를 지은 채 정신을 잃고 있었다.

"어, 어떻게 된 일이지?"

"일단 나에게 무예를 배우기로 했으면 내 제자나 다름없다. 제자들을 지키는 것은 스승이 마땅히 해야 할 일들 중에 하나지. 다시는 이런 무모한 대결을 하지 말도록 해. 모두 수

고들 했어. 오늘은 이만 수업을 끝내도록 하지.”

레오는 바위에 걸터앉은 채 이야기를 하고 난 뒤 거침없이 탑을 향해 걸어가 버렸다.

지금까지 자신들을 지켜보고 있었음을 그제야 깨달은 미크러스는 나이는 어리지만 진정 자신들을 제자로 대하고 있는 레오에게 뭉클한 감정을 느꼈다.

‘안 지켜보는 듯하면서도 항상 우리를 지켜보고 있었구나. 참… 대단한 사람이다.’

미크러스를 비롯한 용병들 모두가 느낀 감정일 것이다. 그들에게 이런 감정은 사선을 넘나드는 용병생활을 통해 처음으로 느껴 본 감정이었다.

“룰루루! 설거지는 깨끗하게…….”

노래를 부르며 흥겹게 설거지를 하는 아드리아는 세상에서 가장 재미있는 일이 설거지라도 되는 양 어깨춤을 추고 있었다.

깨지지 않는 게 용하다 싶을 정도로 닦는 그녀의 움직임을 에바는 난감한 얼굴로 바라봤다.

‘설거지는 저렇게 하는 거였구나.’

생전처음으로 설거지하는 모습을 보는 에바는 처음은 신기하다는 표정이었지만 그때뿐이었다.

그녀의 눈에 비친 아드리아의 움직임을 요약하자면 차가운 물살이 찌꺼기를 제거한 접시 위로 뿌려진다. 정성을 다해 닦는 손길은 매우 능숙하게 다음 접시를 집어 들고 밀을 약간 뿌린 뒤 닦아냈다. 기름기로 얼룩진 접시는 그런 과정을 겪자 다시 말끔하게 닦아졌다.

"봤어?"

"……."

"봤냐니까?"

"네……."

어느새 콧노래는 사라지고 신경질적인 반응을 보이는 아드리아는 메이드복장을 하고 있는 에바에게 젖은 수건을 던졌다.

"지금부터 접시를 닦도록 해. 만약 다시 시범을 보이게 만든다면 그때는… 작은 주인님께 말해서 특단의 조치를 강구하겠어. 내말 무슨 뜻인지 알겠어?"

"흐윽… 네에……."

에바는 서러움에 눈물이 흘렀다. 태어난 이래 이런 대접을 받아본 적 없는 그녀에게 이런 대접이라는 것은 죽음보다 더한 슬픔과 서러움을 가져다주었다.

일반 평민들 집에서 태어났다면 누구나 당연하게 해야 할 일들이었다. 하지만 그런 것을 이해하지 못하는 그녀에겐 어찌 보면 당연한 일이라고 할 수 있었다.

'이 정도면 되겠지.'

천천히 행주로 접시를 문지르는 에바는 눈물을 흘리며 대충대충 닦아냈다.

접시가 닦이는지 마는지 확인도 하지 않은 채 다시 다른 접시를 집어 드는 모습을 보였다.

그 모습에 아드리아는 도저히 참을 수 없어 두 손을 허리에 올리며 소리를 질렀다.

"당장 나가! 작은 주인님과 어울려 보이기에 오냐오냐 했더니 도저히 써먹을 구석이라곤 찾아보기 힘든 애구나. 너는!"

"흐윽……."

울먹거리며 바닥에 주저앉아 얼굴을 감싸 쥐는 에바는 계속 흐느꼈다.

"이런 걸 나보고 어떻게 하란 말이에요? 한 번도 해본 적이 없단 말이에요. 흐윽… 으아아앙!"

한편으론 측은해 보이기도 하련만 불행히도 아드리아는 인간이 아니었다.

서큐버스 퀸으로 마계에서도 제법 강력한 힘을 지닌 전사였던 그녀였다.

재수가 없어 지상으로 소환되어 어린 레오와 강제로 종속

의 맹약을 맺게 되어 이런 모양으로 남아 있지만 그녀도 한때
는 잘나가던 때가 있었다.

게다가 인간을 발가락의 때만큼으로도 안 여기던 것이 그
녀인데 에바의 눈물이 먹혀들 리 없었다.

"오호호호! 감히 천한 인간 주제에 이런 것을 해본 적이 없
단 말이지. 좋아, 오늘 네년의 버르장머리를 고쳐 놓지 못하
면 스스로 소멸하는 길을 걸으리라. 꺄르르륵!"

인내심의 한계를 넘어서자 마계의 전사였을 때의 성정이
폭발하며 겉으로 드러났다.

화가 나자 서큐버스 퀸의 상징이라고 할 수 있는 여섯 장의
날개와 이마로 솟아오르는 두 개의 뿔, 그리고 도드라지게 튀
어나오는 날카로운 송곳니가 유감없이 드러났다.

"캬아아아!"

날카로운 포효에 에바는 감히 비명을 지를 엄두가 나지 않
았다. 공포가 극에 달하면 오히려 목이 잠기고 자율신경계가
마비되어 몸이 말을 듣지 않게 된다던가?

"으으… 으으으으……."

"요즘 인간의 기운을 섭취하지 않아서 피부에 윤기가 사라
져 가던 참이었는데 잘됐다. 이리 오너라."

아드리아의 뻗어진 손길에 의해 에바의 몸이 공중으로 둥
실 떠올랐다.

점점 아드리아의 손으로 향해 날아가는 에바는 자신의 의지와는 상관없이 벌어지는 일에 공포에 질려 얼굴이 파래졌다.

아드리아의 날카로운 송곳니가 금세라도 자신의 목덜미를 뚫고 들어갈 것만 같은 생각에 까무러치기 일보직전까지 몰렸다.

'사, 살고 싶어, 난 아직 어리단 말이야.'

생각으로만 외치는 그녀는 누군가 나타나 자신을 구원해 주기만을 바랬다.

그 간절한 바람이 통해서일까? 탑의 주방으로 들어서며 아드리아를 진정시키는 목소리가 있었다.

"아드리아 그만해. 나는 아드리아가 그러는 거 별로 보고 싶지 않아."

"오호호홍! 이런 추태를 보이다니……. 작은 주인님 어서 나가세요. 여긴 작은 주인님이 있을 곳이 아니랍니다. 어서요."

날개와 송곳니를 드러내고 있던 아드리아는 어느새 인간의 모습으로 돌아와 레오의 등을 떠밀었다.

진짜로 죽일 마음이 없었던 아드리아는 오늘은 반드시 에바의 버르장머리를 고쳐놓을 심산으로 그리했던 것이었다.

그러니 자신의 일을 훼방하는 방해꾼인 레오를 주방 밖으로 내몰려고 했다.

"흐끅… 살려주세요. 제발……."

에바는 레오가 나가면 진짜 죽을 것 같은 생각에 어느새 달려와 레오의 바지를 잡고 늘어졌다.

"얘 왜이래?"

"호호, 주방 일을 할 수 없다고 징징거려서 버릇 좀 고치는 중이니 신경 쓰지 마세요."

"그래?"

레오는 다른 사람들은 모두 탑의 일에 열심을 다하고 있는 판에 에바만이 버릇을 버리지 못하고 귀족가의 딸로 살겠다는 말을 들으니 심기가 고약스러워졌다.

"훗, 굶겨. 자고로 일하지 않는 자 먹지도 말라고 했어. 일하지 않으면 굶으라고 해. 이 세상 누구도 일하지 않는데 먹여줄 사람은 존재하지 않아. 노동은 신성한 거거든. 그런 걸 안하겠다면 굶어야지 별수있나."

"오호! 알겠어요. 그렇게 하지요."

아드리아는 레오의 말에 에바가 어느 정도 시간이 지나면 항복선언을 할까 궁금해졌다.

아무리 오래 버틴다고 해도 삼일을 넘기지 못하는 것이 인간이었고 귀하게 자란 에바라면 이틀을 넘기지 못할 것이었다.

"그럼 수고하라고."

레오가 휘적휘적 주방 밖으로 나가자 아드리아는 다시 공포스런 모습으로 돌아갔다.

"작은 주인님 말씀 들었지? 일하지 않아도 돼. 하지만 너를 위해 먹을 것을 주진 않을 거야. 네 방으로 돌아가렴."

아드리아의 싸늘한 모습에 에바는 일단 살았다는 생각과 설마 굶기기야 하겠는가 하는 안일한 생각으로 얼른 주방의 문으로 향해 달려 나갔다.

그녀는 지금 자신이 고통의 길로 들어선 것을 진정으로 모르고 있었다.

굶는 고통이 얼마나 심한 것인지 어릴 때부터 배불리 먹어 온 그녀가 알 턱이 없었다. 하지만 그것을 잘 아는 아드리아는 혀를 차며 그녀의 뒷모습을 바라볼 뿐이었다.

지글지글.

붉게 타오르는 불길이 빙글빙글 돌아가는 나무 기둥에 묶인 통고기를 노릇노릇하게 익혀 갔다. 그러자 주변에 앉아 있는 사람들은 포크와 나이프를 들고 군침을 삼키며 기다렸다.

"으흐흐흐… 역시 열심히 일한 다음에 먹는 음식이 최고라니까."

"그걸 말이라고 하냐? 저 야들야들한 고깃살 익는 것 좀 봐

라. 아주 환장한다, 크흐흐흐!"

사람들은 고기가 어서 익기를 바라며 언제라도 고기를 향해 돌진할 태세였다.

행여 누가 더 먹을까 하는 생각에 제일 맛있는 부분을 먼저 차지하기 위한 그들의 각축전이 곧 벌어질 예정이었다.

"호호호! 이 정도면 다 익은 것 같군요. 드세요."

"이야아아!"

"내가 먼저다. 비켜!"

사람들은 먼저 고기를 잘라 자신의 접시 위에 담기 위해 사방에서 달려들었다.

그런 그들의 각축에 레오는 자신의 테이블 위에 놓인 야채 샐러드를 먹으며 맛을 음미했다.

그리고 이런 즐거운 식사는 할아버지들이 돌아가신 이후 처음으로 해보는 것이란 생각에 씁쓸함과 즐거움이 같이 밀려왔다.

'사람은 역시 다른 이들과 같이 있을 때 즐거운 것인가? 이런 걸 행복이라고 하는 거겠지?'

레오는 이젠 자신의 제자들이 된 용병들과 그들과 융화되어 똑같이 행동하는 엔드류를 보며 미소를 머금었다.

"호호, 작은 주인님이 드실 건 여기 있어요."

레오가 나서서 저들과 음식쟁탈전을 벌이지 않을 거라는

걸 누구보다 잘 알고 있는 아드리아가 접시에 고기를 수북이
담아 가지고 왔다.

노릇하게 잘 익은 고기는 김이 모락모락 나며 회를 동하게
만드는 냄새를 풍겨왔다.

"잘 먹을게."

"어서 드세요."

때론 누이처럼 때로는 엄마처럼 자신을 돌봐온 아드리아
에게 레오는 고마움을 느끼며 고기를 먹었다.

"마스터! 이런 고기를 먹을 땐 맥주가 최곤데 그건 없습니
까? 흐으……."

용병들은 맥주를 마시며 태어나 맥주를 마시며 죽는다는
말이 있을 정도로 맥주를 좋아했다.

그만큼 서민적인 술이 맥주라는 의미였고 그들에게 맥주
의 중요성은 두말한 필요가 없었다.

"탈란!"

"네, 작은 주인님."

"맥주를 꺼내주도록 해. 창고에 제법 있을 거야. 막스 할아
버지께서 맥주를 워낙 좋아하셨으니……."

"그래도 되겠습니까?"

탈란은 레오가 막스 노인의 술 창고에 있는 맥주를 꺼내주
라는 말에 머뭇거렸다.

술을 즐기지는 않지만 막스에 대한 추억 때문에 레오가 그
것을 얼마나 애지중지하는지 잘 아는 까닭이다.

"괜찮아. 저들도 이젠 이 탑의 식구들인걸."

"알겠습니다. 어이! 너 따라와."

탈란은 대답과 동시에 구겨 넣듯이 고기를 먹던 용병 한 사
람을 지목하여 사라졌다.

그러곤 잠시 후 커다란 술통을 어깨에 메고 돌아왔다. 그때
부터 진정한 탑의 화려한 파티가 시작됐다.

"흥! 나는 배고파 쓰러질 지경인데 뭐가 그리 즐거운지 모
르겠어. 엔드류, 이 나쁜 놈은 정혼자인 내가 굶어 죽어도 상
관없다 이거지? 쳇!"

에바는 자신의 방에 덩그러니 놓인 침대에 쪼그리고 앉은
채 시종 시무룩한 얼굴 표정을 유지했다. 하지만 점점 방 안
가득 채워지는 음식 냄새에 베개를 집어 들어 얼굴을 막았다.

'혹시… 그래, 엔드류가 나에게 음식을 줄 수 있을 거야.'

점점 치고 올라오는 냄새에 참을 수 없어진 에바는 이내 종
종걸음으로 방을 나섰다.

밖으로 나서자 맥주잔을 부딪치며 시원하게 마시는 사람
들 사이로 엔드류의 모습이 보이자 잘 불지도 못하는 휘파람
을 불며 그를 불렀다.

“피이… 피이이.”

‘이건 또 왜 이렇게 안 되는 거야. 아이, 짜증나.’

휘파람을 불지 못하는 사람은 의외로 많았고 그런 사람들 중에서 에바는 특히 못 부는 축에 속함을 이제야 절절히 깨달았다.

“어머, 이게 누구야. 귀족 가문의 지체 높으신 에바 양이 여긴 어쩐 일이래?”

‘헉! 저 마녀가 왜 여기 있는 거야.’

에바는 도둑질하다 들킨 사람마냥 머릿속이 하얗게 질리며 가슴이 덜컹 내려앉았다.

“할 일 없으면 잠이나 자렴. 나는 음식 나르는 것도 버거워서 말이야.”

아드리아가 바짝 얼어 있는 에바를 스쳐 지나갔다. 그런 모습이 더욱 화가 나는 에바는 자신의 존재감이 이렇게 없어 보기는 처음이라 생각했다.

꼬르륵!

배 속에서 음식을 달라고 신호음을 보내오자 서러움에 눈물이 흘렀다.

“흐윽… 나도 먹을 수 있는데… 내가 잘못하는 걸까?”

에바는 처음으로 자신이 살아온 인생을 되짚어 봤다. 남부러울 것 없이 살아온 인생이었다.

자상한 아빠와 자신을 따뜻하게 감싸주는 엄마 그리고 자기가 죽으라고 하면 죽는 시늉까지 해주던, 평소에는 거들떠보지도 않던 가문의 시종들까지 떠올랐다.

그들의 얼굴이 하나둘씩 떠오르자 더욱 굵은 눈물이 하염없이 흘러내렸다.

Chapter 08

침입자

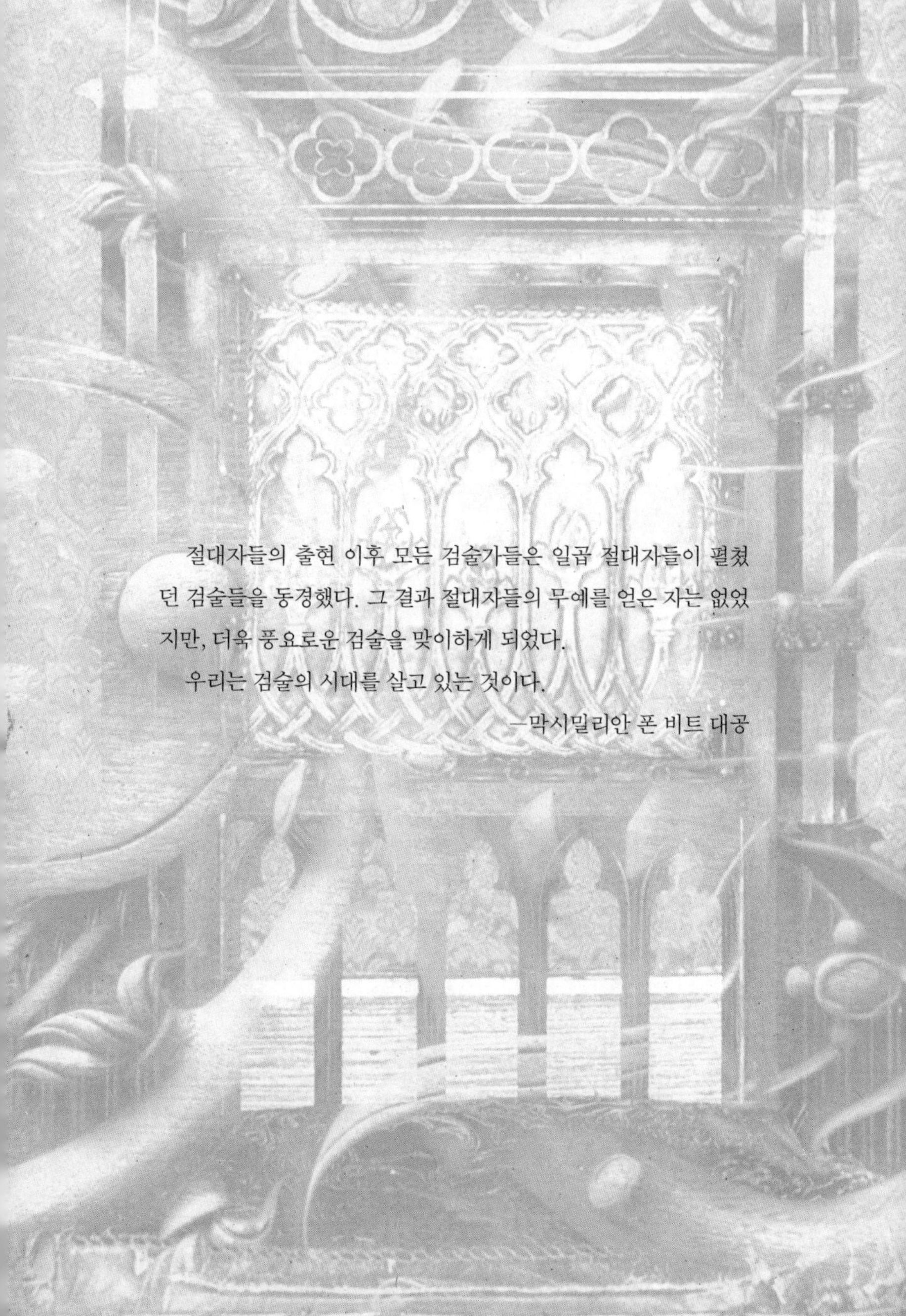

절대자들의 출현 이후 모든 검술가들은 일곱 절대자들이 펼쳤던 검술들을 동경했다. 그 결과 절대자들의 무예를 얻은 자는 없었지만, 더욱 풍요로운 검술을 맞이하게 되었다.

우리는 검술의 시대를 살고 있는 것이다.

—막시밀리안 폰 비트 대공

　처량하게 눈물을 흘리는 에바를 지켜보는 눈길이 있었다. 다름 아닌 레오였는데 그는 잠시 생각을 하다가 에바에게 걸어가며 입을 열었다.

　"배고픈가?"

　뒤에서 들려오는 낭랑한 목소리. 그 목소리에는 사람의 마음을 따뜻하게 감싸주는 힘이 담겨 있었다.

　"흐윽… 네……."

　"나도 너처럼 철없이 굴었던 시절이 있었다. 하지만 나이가 들어서 이 탑의 주인이 됐을 때 깨달았지. 어릴 때는 어른

들이 모든 것을 대신 해주었기 때문에 마냥 어리광을 부려도
되었지. 하지만 내가 주인이 됐을 때 그 누구도 나를 대신해
서 일해주지 않더라고. 물론 나는 잡다한 일은 탈란과 아드리
아가 해주기 때문에 그런 일은 하지 않아. 하지만 나에게 주
워진 일은 그런 게 아니야.”

잠깐 말을 끊은 레오는 에바에게 손을 내밀었다.

“네?”

뭘 하라는 것인지 모르는 에바는 눈물을 멈추며 머뭇거
렸다. 그러자 레오가 에바의 손을 잡으며 그녀의 허리를 다른
손으로 감싸 안았다.

“어맛!”

깜짝 놀란 에바는 두 손으로 얼굴을 감싸 쥔 채 부끄러워
붉혀진 것을 가렸다.

레오는 에바의 허리를 잡자 바로 오른다리에 힘을 주었다.
내공을 실어 바닥을 차자 공중으로 솟아오르며 탑의 벽을 차
고 도약력을 얻어 다시 공중으로 솟구치는 묘기를 선보였다.

“엄마야!”

갑자기 자신의 몸이 공중으로 떠오르자 에바는 겁이 덜컥
나서 비명을 내질렀다. 그러나 이내 어딘가에 발이 디뎌지고
살며시 눈을 떠 그곳이 어딘지 살핀 에바는 탑의 꼭대기에 올
라와 있는 자신을 발견했다.

“저길 봐.”

“…….”

에바는 레오가 가리키는 곳을 쳐다봤다. 끝도 없이 펼쳐진 숲은 초록의 물결을 만든 채 바람에 따라 흔들렸다.

“나에겐 저 아름다운 숲을 지켜야 할 책임이 있어. 그것이 내가 해야 할 일이지. 그러기 위해서 나는 날마다 수련을 해. 내가 더 강해져서 그 누구도 이 숲을 넘보지 못하게 만들기 위한 수련을… 그리고 할아버지들께서 남기신 유언을 이루기 위해서.”

“아…….”

에바는 자신이 잘못 생각하고 있었음을 깨달았다. 레오는 자신이 알지 못하는 어떤 것을 향해 날마다 피나는 수련을 함으로서 일을 대신하고 있었다는 것을 말이다.

“음식하고 수련으로 더러워진 옷을 빠는 등의 허드렛일이 힘들고 표도 안 나는 일임을 잘 알아. 하지만 네가 그렇게 함으로서 엔드류가 더욱 강한 남자로 거듭날 수 있는 거야. 그리고 다른 사람들도 마찬가지지. 네가 아니면 할 수 없는 일을 하는 것이 그렇게 쓸모없는 일은 아닐 거라고 생각하는데.”

거듭되는 말에 에바는 깨달은 바가 있었다. 그리고 앞으로 다시는 자신에게 주워진 일을 하찮다 여기지 않으리라 다짐하며 레오에게 손을 내밀었다.

"다시 내려가요. 한 번 해볼래요."

"잘 생각했다. 그럼 갈까?"

레오는 에바의 허리를 감싸 안으며 밑으로 내려가려 했다.

꼬르륵!

"어머……."

얼굴을 붉히며 고개를 숙이는 에바를 보며 레오는 너털웃음을 터뜨렸다. 이틀 동안 굶었으니 저런 천둥치는 소리가 배 속에서 나는 것도 무리는 아니었다.

"음식부터 먹자."

"네……."

나긋나긋하게 변한 에바의 대답에 레오는 풀쩍 뛰어내리며 음식을 먹고 있는 사람들에게로 갔다.

"어서와."

반갑게 맞아주는 엔드류의 얼굴에 취기로 인해 붉은 빛이 감돌았지만 그 얼굴이 더욱 사랑스럽게 보이는 에바였다.

"여기 앉으시구려."

"고마워요."

미크러스가 에바를 위해 자리를 양보하자 그녀는 살짝 치맛자락을 잡으며 감사인사를 건넸다. 그리고 우아함은 어디로 버리고 왔는지 용병들보다 더 용병스럽게 음식을 먹었다.

먹고 죽는 것이 소원이라는 용병들은 그 모습에 껄껄거리며
맥주잔을 기울일 뿐이었다.

*　　　*　　　*

　"아버지, 여기부터 제가 구조대를 이끌고 들어가겠습니다.
아버지께서는 여기에 캠프를 차리고 지원을 해주십시오."
　엘버트 폰 미르토가 백작. 스베인 왕국의 차세대 지도자로
떠오르고 있는 신성으로, 또 천재기사로 그 명망을 구가하고
있는 인물이었다.
　이제 나이는 28세에 불과해 부친인 공작의 총애를 한 몸에
받고 있었다. 날카로운 눈매와 강인해 보이는 턱선을 지닌 그
의 얼굴은 지금 심각하게 굳어 있었다.
　"괜찮겠느냐? 여기는 마왕의 숲이라고 이름난 곳인
데……."
　"괜찮습니다. 마왕이라고 소문난 그분들은 이백 년 전에
이 대륙을 질타하던 영웅들이셨습니다. 그런 분들이 사람을
함부로 죽이지는 않을 겁니다."
　"그래도 걱정이구나. 에잉, 그 도움이 안 되는 멍청한 놈은
왜 시키지도 않은 짓을 해서 너를 고생시키는지 모르겠구
나."

미르토가 공작은 차남인 엔드류의 얼굴을 떠올리며 짐짓 분기를 터뜨렸다.

항상 사고만 치는 둘째가 왜 그런 일을 벌였는지 모르는 바는 아니었다. 하지만 형에게 그런 일에 대한 책임을 지우게 한다는 것이 미안스러워 하는 행동이었다.

"바덴 경이 살아 있다고 알려오기는 했지만 사로잡혀 일꾼으로 살고 있다니… 내 동생을 노예처럼 부리고 있는 놈은 제 손으로 베어버리겠습니다."

반년 만에 온 연락이 자신과 엔드류는 탑의 주인에게서 새로운 무예를 배우며 살고 있으니 걱정하지 말라는 연락이었다. 비록 낮에는 일하고 밤에는 무예를 배운다지만 그런 생활을 한다는 것 자체가 탑의 주인이라는 자에게 강제 당하고 있다고 생각했다. 걱정 말라고 하는 편지도 강제적으로 쓴 것이라 믿는 것이었다.

그 소식을 들은 미르토가 공작부인은 걱정으로 앓아누워 버렸고 당장 찾아오지 않으면 죽어버리겠다는 말에 공작과 엘버트 백작이 나서야 했다.

"그래 그건 네가 알아서 하고 조심해서 들어가렴. 탑이 있다는 숲의 중앙부까지 가는 길도 그리 만만한 길은 아닐 게다. 지난 세월 동안 몬스터의 토벌이 이루어지지 않은 탓에 마왕의 숲은 이제 몬스터의 숲으로 불러야 할 정도니까."

"걱정 마십시오. 오우거쯤은 이제 대수롭지 않으니까요."

"하긴. 네 실력이라면 능히 해낼 수 있을 거라 믿는다."

"다녀오겠습니다."

"그래, 부탁한다."

엘버트는 자신을 기다리고 있는 부하들에게 말을 몰아가며 외쳤다.

"진군하라! 일자대형을 유지하고 절대 서두르지 마라. 저 숲은 몬스터들이 우글거리는 곳으로 한 치의 실수도 용납하지 않겠다."

"네, 백작님!"

"진군!"

착착착착!

병사들은 일제히 발을 맞춰 일자로 벌려 서며 숲으로 들어섰다. 간격은 바로 옆에 사람이 공격을 받을 때 바로 커버할 수 있을 정도로 벌려 섰다. 그들의 맨 선두에는 사각 방패를 든 보병이 앞에서며 만약의 사태에 대비했다.

오랜 훈련을 통해 거듭난 정예 병사들의 행군에 숲도 숨을 죽이고 그들의 행보를 지켜볼 따름이었다.

"이쯤이면 숲의 중앙부분인가?"

엘버트 백작은 자신의 기사단장에게 물었다. 젊은 기사들로 구성된 그의 기사단은 스베인 왕국의 떠오르는 신흥 무력 집단이었다.

"이틀을 행군했으니 그럴 겁니다."

엔틀러스라는 이름에 걸맞게 거구를 자랑하는 기사가 대답했다. 보통의 거구들이 머리가 나쁘다는 편견을 깨뜨리며 기사단의 브레인으로 엘버트 백작의 왼팔과 같은 존재였다.

"좋아. 여기에 진지를 구축하고 척후조를 내보내 탑의 위치를 찾도록."

"알겠습니다."

엔틀러스 경이 척후조를 내보내기 위해 자리를 뜨자 엘버트 백작은 자리에 주저앉으며 이마에 흐르는 땀을 닦아냈다.

여기까지 오는 동안 몬스터다운 몬스터를 한 번도 본 적 없었던 것이 마음에 걸리긴 했었다. 하지만 마왕의 숲으로 이름 높은 이곳의 주인이 관리했을 것이라 생각하고 신경 쓰지 않았다.

"물을 다오."

엘버트 백작은 손을 뻗으며 자신의 종자에게 명령했다. 기사들은 보통 두어 명의 종자를 거느리고 다녔다.

풀 플레이트메일을 입는 것을 혼자 할 수 없는 것이라 그런 것인데 그들은 평상시에는 시종의 업무를 하는 자들이었다.

"여기 있습니다."

양가죽으로 만들어진 수통을 공손하게 내미는 종자에게서 수통을 건네받았다. 그런 후 엘버트 백작은 주위의 삼림을 감상이라도 하듯이 바라보며 느긋하게 물을 마셨다.

오랜 행군으로 지친 터라 물맛은 그 어느 때보다 달고 시원하게 느껴졌다.

"으아아악!"

갑자기 들려오는 비명 소리에 엘버트 백작은 자리에서 벌떡 일어나며 검을 뽑아 들었다.

"무슨 일이냐?"

거칠게 외치는 그의 물음에 기사 하나가 빠르게 달려오며 대답했다.

"몬스터들의 습격입니다."

"뭐야? 지금까지 아무런 습격도 없었는데 어떻게 된 일이야."

불길한 생각이 전신을 엄습하고 마음이 서둘러졌다. 탑에 존재하는 전대 영웅들의 후계자와 싸움을 벌일지도 모르는 마당에 병력의 손실을 최소화해야 한다는 것이 급해지는 이유였다.

"기사단은 나를 따르라!"

우렁찬 외침을 토하며 엘버트 백작은 비명 소리와 함께 싸우는 소리가 들린 곳으로 내달렸다.

나무로 우거져 있어 많은 병력이 움직이기 불리한 지형이라 병사들은 뒤로 물러나며 기사단에게 길을 열어주었다.

"캬우우우!"

살기등등한 울음을 터뜨리며 날뛰고 있는 트롤들의 모습에 백작은 미간을 좁혔다. 보통의 대형몬스터들은 절대 무리 생활을 하지 않았다.

자기만의 영역을 침범하면 같은 종족이라도 거침없이 죽이는 것이 그들만의 생활방식인데 지금 자신의 병사들을 죽이고 있는 것은 트롤 십여 마리였다.

절대 일어나선 안 되는 일이 지금 자신의 눈앞에서 벌어지고 있는 것이다.

"일단 몬스터들을 잡고 보자. 엔틀러스 우측을 맡아라."

"그러지요. 가자!"

엔틀러스가 절반의 기사들을 이끌고 우측으로 향하자 엘버트 백작은 검을 두 손으로 쥔 채 트롤을 향해 달렸다.

"캬아!"

자신에게 반항하는 작은 인간을 보고 트롤은 소리를 질렀다. 그러곤 자신의 손에 들린 거대한 쇠몽둥이를 휘두르며 그 작은 인간을 공격했다.

"몬스터 따위가 감히!"

트롤이 자신에게 괴성과 함께 공격을 가해오자 엘버트는

분노에 찬 일성을 흘리며 트롤에게 대쉬해 들어갔다.

3미터에 달하는 커다란 트롤의 체구는 마스터인 자신의 움직임에 비해 턱없이 느렸다. 덕분에 쇠몽둥이는 엘버트의 머리 위를 지나가며 헛방을 치고 말았다.

"탓!"

파앗!

순식간에 트롤의 허리를 스쳐 지나가는 엘버트의 검이 오러를 뿜어내고 있었다.

"끄아아아아아!"

비명을 지르는 트롤은 자신의 허리가 갈라지는 것을 눈으로 보며 쓰러졌다.

허리가 갈라지는 것에도 그 고통이 신경을 타고 뇌까지 도달하지 못할 정도로 빠른 검술이었다.

"겁내지 마라! 트롤은 우리 기사단을 당해내지 못한다."

"우오오오!"

병사들은 마스터인 엘버트의 외침에 용기를 내며 트롤에게 달려들었다.

창병들이 장창으로 트롤을 견제하고 방패를 든 중장보병이 밑으로 파고들며 트롤의 발을 검으로 찍었다.

힘이 강한 트롤은 기사단이 보조를 맞춰주면 죽여 나가자 십여 마리의 트롤은 어느새 차가운 시체가 되어 숲에 누워 있었다.

"대단하십니다."

엔틀러스는 트롤을 일합에 죽여 버린 백작에게 경탄의 말을 전했다. 자신이 모시는 백작이지만 이런 실력을 가진 사람이 어디에 또 있을까 하는 생각에 흐뭇한 마음까지 들었다.

"자네까지 왜 그러나. 피해가 제법 있는 거 같으니 어서 부상자를 치료해 주고 수비대형을 갖추도록 하게."

"그러지요."

엔틀러스는 백작의 명령에 따라 철저하게 몬스터의 습격에 대비하는 진형을 갖추었다.

20여 명이 넘는 병사가 다쳤지만 트롤 10여 마리를 죽인 것치고는 경미한 피해였다.

다시는 그런 피해를 입지 않으리라 다짐하는 병사들은 주변에 대한 경계를 늦추지 않은 채 숲을 향해 창검을 겨눴다.

수풀을 스치고 지나가는 소리가 늦은 오후의 숲을 깨웠다. 은밀하게 움직이는 기사들은 척후조가 알아 온 탑으로 향했다.

나무를 은폐물 삼아 이동하는 그들은 최대한 기척을 죽인 채 장검을 뽑아 들고 있었다.

당장에라도 누군가 나타나면 단칼에 도륙을 할 태세를 갖추고 있는 그들의 몸에서는 긴장감이 어려 있었다.

"정지!"

나직하게 외치는 엘버트가 손을 들어 기사들을 멈추게 했다. 커다랗게 솟아 있는 탑이 시원하게 뚫린 공터 위에 모습을 드러내고 몇몇의 사람이 그 공터를 오가며 일하고 있는 광경이 들어왔기 때문이었다.

"엔드류의 모습이 보이나?"

엘버트는 일하고 있는 자들 가운데 자신의 동생이 있을까 하여 눈을 씻고 찾았다. 하지만 보이지 않는 것에 혹시 다른 기사들은 보지 않았는지 물었다. 일제히 고개를 젓는 기사들은 굳은 얼굴로 탑을 바라볼 뿐이다.

"엔틀러스!"

"말씀하십시오."

"자네가 절반을 이끌고 탑을 돌아가서 공격하게. 나는 십 분 뒤에 정면에서 치고 들어가겠네."

"알겠습니다."

"조심하고."

"흐흐, 이백 년 전의 그분들이 아니라고 하던데 상대가 되겠습니까? 걱정하지 마십시오."

"딴은 그렇군. 그래도 조심해. 나에겐 자네가 꼭 필요하니 말이야."

“알겠습니다.”

엔틀러스는 자신을 소중하게 여겨주는 엘버트 백작이 고마웠다. 반드시 동생인 엔드류를 자신의 손으로 구해 주인의 뜻에 부응하겠다는 다짐을 스스로에게 하며 엔틀러스는 기사들과 함께 숲을 돌아 탑의 뒤로 향했다.

“초조하군.”

엘버트는 상대의 실력이 어느 정도일지 몰라 답답했다. 하지만 어리다는 말을 들었으니 그리 걱정스럽지는 않았다.

자신과 같은 천재가 세상에 또 있을지는 몰라도 그중에서 자신이 가장 강하다는 자부심으로 오늘까지 버텨온 그였으니 말이다.

“시작하지.”

10분의 시간이 흐르고 엘버트는 남은 30여 명의 기사에게 신호를 보냈다.

창공의 검이라는 별칭을 듣고 있는 엘버트 백작을 믿음직하게 바라보는 그의 기사단은 천천히 대열을 정비하고 돌격 명령이 떨어지기를 기다렸다.

“돌격!”

“돌격하라!”

기사단은 엘버트의 명령에 따라 우레와 같은 함성을 내지르며 공터로 치고 나갔다. 그들의 엄청난 돌격에 공터는 삽시간에 공포로 뒤덮이는 듯했다.

"응? 저것들은 뭐지?"

레오는 탈란과 함께 수련을 하다 함성을 지르며 달려오는 기사들을 발견했다.

앞뒤로 달려오는 자들의 숫자는 족히 60여 명에 달했다. 기감을 열어서 본 그들의 실력 또한 엔드류와 비교해서 그리 떨어지지 않는 자들이었다.

"작은 주인님!"

탈란은 급히 외치며 어떻게 해야 할 지 명령을 기다렸다. 감히 인간 따위가 신성한 탑을 공격하러 왔다는 것에 분노한 탈란의 얼굴을 싸늘하게 변해 있었다.

"탈란이 뒤를 맡아줘. 내가 앞을 맡을게."

"흐흐흐! 알겠습니다."

스팟!

탈란은 어느새 거대한 박쥐의 형상으로 변해 탑의 뒤로 날아갔다. 그러자 탑의 입구에서 걸어 나오던 아드리아도 묘한 미소를 지으며 그의 뒤를 따랐다.

서큐버스 퀸의 힘이 어느 정도인지 침입자들에게 똑똑히 각인시켜 줄 작정이었다.

"나도 가야겠군."

아드리아를 부르려다 씽긋 웃으며 돌아선 레오는 포프리
트로 만든 목검을 쥔 채 천마행공을 펼치며 다가오는 기사들
에게 달려갔다.

"우리도 같이 가겠습니다."

"하하! 우리가 빠질 수는 없지요. 이것도 다 탑의 일인걸
요."

용병들도 어느새 자신들의 무기를 집어 든 채 달려왔다. 그
들에게 무서운 기세로 다가서는 기사들은 안중에도 없었다.

지금까지 닦은 자신들의 실력이라면 적어도 맞아죽지는
않을 거라는 것을 스스로 믿는 모양이었다.

"흐음… 그것도 괜찮겠군. 하지만 조심하는 게 좋을 거야.
아직 마나를 활용하는 법이 떨어지니까 말이야."

"흐흐! 알았으니 염려하지 마십시오. 전쟁을 업으로 살아
온 우리들이니."

"그래. 그럼 조심하라고."

레오는 용병들에게 조심하라는 말을 하며 제일 선두에서
달려오고 있는 은빛 풀 플레이트메일을 걸친 채 손에는 커다
란 크레이모어를 들고 있는 기사에게 향했다.

'저자에게서 느껴지는 기운이 가장 강하다.'

단지 그뿐이었다. 상대가 강하다는 것이 레오가 그를 점찍
은 이유였다.

천마행공으로 빠르게 이동하고 적의 가까운 곳에 도달하자 재빨리 천마군림보로 바꿨다.

경신법과 보법의 유기적인 전환을 무리없이 펼쳐내는 레오의 움직임이 사방을 압도하며 엘버트 백작에게 공격을 퍼부었다.

"헛!"

엘버트는 생전처음으로 당해 보는 괴상망측한 공격에 당황했다. 오러를 일으켜 검에 두른 채 쳐내려고 했지만 자신의 속도보다 월등히 빠른 속도로 상대가 움직였다.

순식간에 옆으로 빠져나가는 상대방이 자신의 뒤로 돌아간 상태에서 검을 찔러왔다.

파직!

3센티에 달하는 강판의 풀 플레이트메일을 뚫고 들어오는 상대방의 검에 엘버트는 기겁하며 몸을 뉘였다.

검이 찔러오는 것과 반대로 눕자 검의 공격을 가까스로 피할 수 있었다.

막상 피해내기는 했지만 그렇다고 완전히 적이 공격에서 자유로운 것은 아니었다.

재차 검을 쓸어내는 레오의 날카로운 공격이 다리를 노리고 베어 들어왔다.

'미치겠군. 어떻게든 반격을 해야 하는데… 좋아 이거다!'

몸을 회전하며 둥글게 발을 차며 검을 피하고 그 반동으로
몸을 일으켰다. 그러곤 곧장 적이 있는 곳으로 검을 찔렀다.

모든 기력이 다 담겨 있는 찌르기는 손이 움직였다 싶을 무
렵 이미 적이 있던 곳을 찌른 뒤 지나가고 있었다.

'어디지?'

오러가 순간적인 움직임에 떨림을 일으키고 엘버트는 급
하게 검을 회수했다.

이미 적의 모습은 보이지 않았고 상대의 움직임을 파악하
지 못한 터라 어디서 공격이 들어올지 알 수 없었다.

스륵!

몸을 자연체로 만들며 언제든 검을 발출할 수 있게 한 뒤
주위를 살피자 상대의 움직임이 느껴졌다.

"합!"

거친 일갈과 함께 적이 들어오는 방향을 향해 검을 뿌렸다.
들어오는 힘을 감안할 때 도저히 피할 수 없다고 확신했다.

'미친……'

자신의 검이 허공을 찌르자 엘버트는 경악했다. 인간이라
면 들어오는 힘을 이기지 못해야 정상이었다.

분명 그래야 맞았다. 하지만 적은 자신의 생각을 비웃기라
도 하듯 사라져 버렸다.

"느려!"

　귓청을 파고드는 한마디의 말에 엘버트는 머릿속에서 뚝 끊어지는 소리를 들었다.

　자신의 의지를 넘어서는 충격에 이성을 잃어간다는 것을 알려주는 소리였다. 가까스로 마음을 가다듬은 후 적에게 모든 분노를 쏟아냈다.

　"감히… 죽여 버리겠어!"

　후웅! 후우웅!

　두 발을 굳건히 세운 채 클레이모어를 좌우로 둥글게 원을 그리며 휘둘렀다.

　어느 쪽으로부터 공격이 와도 수비할 수 있는 최적의 움직임이었다. 그러면서 한 발씩 옆으로 움직이며 적을 찾아갔다. 막 엘버트가 레오의 움직임을 따라가며 공격하려고 할 때였다.

　"형! 멈춰!"

　멀리서 들려오는 엔드류의 음성에 엘버트는 검을 멈칫거렸지만 이내 승부에 모든 신경을 기울였다.

　"간다!"

　클레이모어가 몇 차례의 변화를 일으키며 찔러 들어갔다. 어느 쪽으로 움직일지 예측이 불가능한 공격을 보이자 레오는 처음으로 엘버트의 검술에 호기심이 일었다.

　스스슥!

엘버트의 주위를 빙글빙글 돌며 검을 피하는 레오는 엘버트가 펼치는 검식의 움직임을 살폈다.

허리를 노리는 것 같았다가 어느새 목을 향해 밀려오고 다리를 쓸어내는 것 같다가 쓸어 올리는 공격이 변화무쌍하게 이루어졌다..

'제법이군.'

예전 막스 할아버지에게 검술을 배울 때 대륙에서 유명하다고 하는 검술을 몇 가지 배운 적 있었다.

그 때 느낀 대륙의 검술은 티엔마르의 무예서에 나와 있는 수십 가지의 무공에 비하면 너무 조잡하고 단순하기 이를 데 없었다. 그런데 지금 엘버트에 의해 펼쳐지는 검술은 수백 가지가 넘는 공격 패턴을 유기적으로 사용하여 자신을 공격해 들어오고 있는 것이었다.

물론 보법을 이용해서 공격하는 것이 아니라 번번이 엇나갔지만 이 정도만이라도 대단하다고 할 수 있었다.

만약 엘버트가 사용할 수 있는 마나가 더 많았다면 피하기만 할 수는 없을 것 같았다.

"형! 그만하라고!"

거칠게 엘버트를 부르며 멈추라고 하는 엔드류는 레오를 공격하는 엘버트에게 적의를 드러냈다.

엘버트는 자신의 친형이기 이전에 엔드류 본인이 반드시

넘어야 할 산이었다.

"괜찮아?"

엘버트는 엔드류가 화를 내며 말리자 그제야 검을 멈추고 레오에게 검을 겨눈 채 물었다. 이미 탑의 주변에서 싸움은 멈춰 있었다.

엔드류가 무사하다는 것과 그가 싸우는 것에 화를 내는 것을 본 기사들이 뭔가 자신들이 잘못 알고 있다고 판단해 싸움을 멈춘 것이었다.

"지금 뭐하는 짓이야. 마스터께 검을 겨누다니."

"큭, 너 이 자식, 지금 너를 구하려고 온 사람들이 안 보이니? 우리는 네가 붙잡혀서 고생할까 봐 그 먼 길을 잠도 안자고 달려왔단 말이다."

엘버트는 자신에게 화내는 엔드류에게 마주 소리를 질렀다.

"나는 잘 있으니 오지 말라고 했잖아. 그런데 왜 내 말을 안 믿어? 내가 그렇게 실없는 놈으로 보였어?"

가출한 동생을 잡으러 온 형의 심정이랄까. 막무가내로 자신에게 화를 내는 엔드류의 모습에서 엘버트는 고개를 가로저었다.

"좋아. 너를 믿지 못한 건 미안하다. 하지만 네가 강제로 그런 연락을 했을 수도 있으니 와보지 않을 수 없었다."

어떻게든 동생인 엔드류의 화를 푼 뒤 집으로 데려가야 했다. 그것이 형으로서 동생에게 해야 할 책임이었고 가문의 주인이 될 차기 가주로서의 해야 할 일이었다.

"흐음… 그 천재라고 하던 형인 모양이네."

낭랑하게 들려오는 목소리에 엘버트 백작의 굵은 눈썹이 심하게 꺾였다.

자신을 이런 곳으로 오게 만든 장본인이자 아까 자신을 가지고 놀았던 그 자였다.

"당신이 이 탑의 주인이오?"

"웅. 내가 주인이야. 눈썰미가 좋은가 보네. 바로 알아보고."

"어린 친구가 입이 짧군."

자신보다 어려 보이는 레오가 말을 놓자 엘버트는 분노의 기색이 가득 담긴 목소리를 흘렸다.

"아~ 돌아가신 할아버지들께서 하신 말씀이 있었지. 너는 그 누구에게도 무릎을 꿇어서는 안 된다고 말이야. 이 세상에서 가장 강한 사내가 되라는 명령이었는데 나는 그걸 지키고 싶어. 해서 나보다 강한 사람만이 나의 존대를 받을 수 있지. 물론 그도 듣긴 힘들 거야. 나보다 강한 사람이 있으면 나는 죽은 다음일 테니까."

어찌 들으면 광오해 보이는 언사였다. 하지만 아까 보여준 실력이라면 능히 그런 말을 해도 무방할 것 같았다.

대륙에서 20위 안에 들어가는 자신의 실력을 비웃듯 가지고 놀았으니 충분히 자격이 있었다.

"바람직한 사고방식은 아니군. 그러다 칼 맞아죽기 십상이지."

"큭! 그건 내가 걱정할 문제니 상관하지 마라."

"하긴. 네놈이 어디서 비명횡사하든 나하곤 상관없는 일이지. 엔드류를 데리고 가야겠다. 괜찮겠지?"

검을 겨눈 채 하는 말은 곧 협박과 일맥상통했다. 그런 것에 레오는 씨익 웃었다.

"하하하. 그건 곤란해. 엔드류는 나에게 무예를 배우기로 했거든. 그리고 지금 한참 중요한 시기거든. 그리고 난 첫날 외에는 강제로 머물라고 강요한 적이 없어. 다들 자발적으로 계약했으니까."

엘버트는 레오의 말에 자신이 알고 있는 것이 틀린 것은 아닌지 혼란스러웠다.

분명 동생은 억류되어 있는 것이었고 강제로 노역에 동원되고 있어야 했다. 한데 강요한 적 없다는 말하고 있으니 누구의 말을 믿어야 할지 알 수 없었다.

"엔드류! 그게 사실이냐?"

"사실이야. 나는 이곳에 있고 싶어서 있는 거야. 내가 원하는 목적을 이루기 위해서……."

"이런… 돌아가자. 어머니께서 네가 돌아오기만 기다리신다."

"아니, 난 돌아가지 않아. 내가 이루려고 하는 것을 완성하면 그때 돌아가겠어."

엔드류의 결의에 찬 말에 엘버트는 멈칫했다. 어릴 적 자신을 따라잡기 위해 사력을 다해 수련하던 어린 동생이 이제는 어른이 된 것을 느낄 수 있었다.

"꼭 그래야겠냐?"

"어쩔 수 없어. 집에 있으면 언제나 제자리일 뿐이야. 나는 더 높고 먼 세상을 날고 싶어. 그러기 위해선 지금은 이곳에 있어야 해."

"음……."

엘버트는 고심했다. 어느새 그가 들고 있던 검은 내려와 있었고 동생에 대한 걱정으로 어떻게 해야 할지 염려하는 형으로 돌아와 있었다.

"좋다. 네 뜻대로 하렴. 하지만 조건이 있다. 네 실력으로 나를 설득해라. 너를 가르치는 저 청년이 대단하다는 것은 나도 인정하지만 네 각오가 어떤지 그걸 증명하라는 거다."

엘버트의 말에 엔드류는 레오를 바라봤다. 아직 자신의 실력으로 엘버트를 이기는 것은 무리라고 스스로 단정 짓고 있었기 때문에 자신이 없었던 것이다.

"해봐. 지금 너라면 할 수 있어. 처음 이곳에 올 때의 너라면 턱도 없는 일이지만. 그때의 너와 지금의 너는 하늘과 땅 차이야. 자신감을 가져."

레오가 지나가며 던지는 말에 엔드류는 지난 반년 동안 죽을힘을 다해 수련했던 것을 떠올렸다.

처음 석 달 동안 수련이 끝나면 기절하느라 제대로 잠을 청했던 기억이 없을 정도로 힘든 시간을 버텨왔었다.

그 엄청난 시간들을 이겨내고 지금의 자신이 존재하고 있는 것이다.

분명 자신감을 가져도 된다는 생각에 엔드류는 활짝 웃으며 대답했다.

"좋아. 형에게 도전하도록 하겠어. 비록 질지라도 결코 쉽게 물러서지는 않을 거니까 조심하라고."

엔드류의 말에 엘버트는 고개를 끄덕였다. 동생의 늠름한 모습에 형으로서 기쁘기 한량없었다.

Chapter 09
형제의 대결

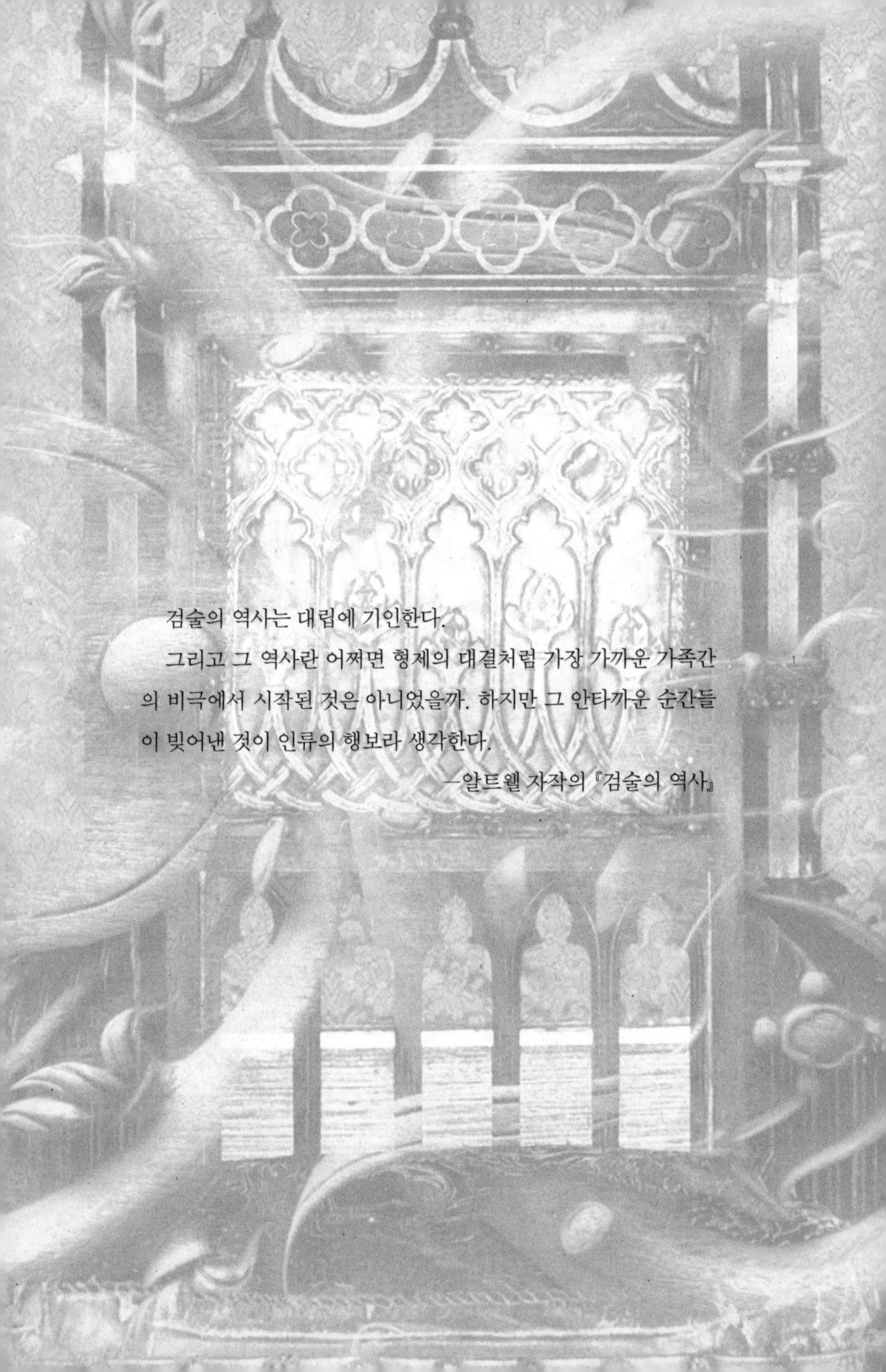

검술의 역사는 대립에 기인한다.

그리고 그 역사란 어쩌면 형제의 대결처럼 가장 가까운 가족간의 비극에서 시작된 것은 아니었을까. 하지만 그 안타까운 순간들이 빚어낸 것이 인류의 행보라 생각한다.

—알트웰 자작의 『검술의 역사』

천재 검사이자 마스터인 엘버트 백작과 수재에도 들지 못
하는 준재인 엔드류의 대결이 벌어지려 하고 있었다. 그 둘을
모두 알고 있는 기사들은 보나마나라는 생각을 하고 있었다.

"자! 모두 물러나서 두 사람을 위한 무대를 만들어주자고."

레오가 사람들을 뒤로 물러서게 하자 모두는 둥글게 원을
그리며 물러나 두 사람을 위한 대결장을 만들어주었다.

"시작할까?"

"좋아."

두 형제는 마주보고 서서 서로에게 검을 겨눴다. 형은 동생

의 의지를 시험하기 위함이었고 동생은 그 형에게서 자신의
뜻을 증명하기 위함이었다.

취릭!

클레이모어를 비껴든 엘버트가 기사들이 결투할 때 보이
는 예를 갖추자 엔드류도 가볍게 그걸 따라했다.

모든 비무에 대한 예절이 끝나자 엔드류는 자신이 지금까
지 배워온 것을 펼쳐갔다.

스윽!

발을 어깨만큼 벌린 뒤 왼발을 앞으로 반보쯤 내밀며 기수
식을 취하는 엔드류의 동작이 절도 있게 이루어졌다.

혈전부법(血戰斧法)을 이 대륙의 용어로 바꾼 블러드배틀
엑스가 처음으로 실전에서 사용되는 것에 미크러스를 비롯한
용병들은 바짝 긴장하며 엔드류를 지켜봤다.

자신들의 실력을 어느 정도 가늠할 수 있는 장이 될 것이니
반드시 엔드류가 이겨서 자신들에게 미래를 안겨주기를 바랐
다.

"오너라."

엘버트는 동생의 늠름한 모습을 기쁜 마음으로 바라보다
손짓을 했다. 생전처음으로 보는 검술이었지만 예사롭지 않
은 것에 적당히 긴장하며 수비 자세를 갖췄다. 처음엔 적당히
동생의 재량을 가늠해볼 작정이었다.

“갑니다.”

들고 있는 것이 목검이라 도끼와 같은 위력을 낼 수는 없지만 기본적으로 펼치는 초식은 같은 것이라 처음 일초식부터 시작하는 엔드류의 목검이 산악을 허물 듯한 기세로 뿜어져 나갔다.

‘예전의 엔드류가 아니다. 조심해야겠군.’

“으랏!”

엘버트는 한 번의 공격에 대여섯 곳의 급소를 노리고 공격해오는 목검을 사력을 다해 내려치며 막았다.

타앙!

묵직한 통증이 손목에서 전해져 오고 막았던 검이 뒤로 젖혀지는 것에 엘버트를 빙글 돌며 자세를 바로잡았다. 그러자 공중에서 한 바퀴 회전을 한 목검이 사선으로 내려쳐 왔다. 철저히 준비된 초식에 엘버트는 급히 뒤로 물러섰다.

“타앗!”

내려치는 힘을 이용해 몸을 틀며 공중으로 도약하는 엔드류의 목검이 강한 힘을 실어 머리를 쪼개왔다.

연환식으로 기세를 이어가는 엔드류의 공격은 물이 흐르듯 부드럽게 이어졌다.

강한 힘을 바탕으로 패도적인 기세를 지닌 그 공격에 엘버트는 막아내기에 급급하며 뒤로 물러서야 했다.

‘이대로 제대로 반격도 하지 못하고 진다.’

오러를 이용해서 막는다면 문제가 달라질지도 모른다. 하지만 동생은 목검으로 대련에 응하고 있었다. 오러를 사용한다는 것 자체가 자신의 패배를 자인하는 것이었다.

‘힘에는 힘이다. 지금 만회하는 방법은 그뿐.’

엘버트는 전신의 힘을 검에 모았다. 온몸의 근육이 팽팽하게 부풀어 오르고 그 힘은 두 손으로 집중됐다.

“합!”

“으헙!”

따앙!

목검과 검이 맞부딪치며 공중에서 멈췄다. 서로의 힘이 팽팽하여 우열을 가리지 못하고 멈춰선 것처럼 보일 뿐이었다.

“으읍!”

“하압!”

부르르 떨려오는 두 형제의 팔은 언제 뒤로 밀릴지 예측할 수는 없었다.

한 치의 양보도 없는 그 대결에 모두는 긴장으로 손에 흐르는 땀을 닦아내며 바라봤다. 하지만 서서히 엔드류가 밀리고 있다는 것을 레오는 알 수 있었다. 형이 많이 양보하고 있음을 말이다.

“그만!”

　레오는 두 사람의 대결을 지켜보다 이 정도면 충분하다는 생각에 중지시켰다.

　초식의 우위를 보인 엔드류지만 마스터에 오른 엘버트가 오러소드를 사용한다면 전세는 바뀌는 것이 자명했다.

　동생의 실력에 대한 핸디캡을 스스로에게 적용한 엘버트에게 불리한 싸움이었으니 이 정도에서 멈추게 하는 것이 좋다고 판단한 것이다.

　"셋을 세면 물러나."

　레오의 말에 엔드류와 엘버트는 고개를 미미하게 끄덕였다. 힘과 힘이 맞닥뜨린 기세싸움에서 한쪽이 힘을 급격하게 회수하면 오히려 상처를 입을 수도 있는 문제라 힘을 뺄 수 없었다.

　"하나."

　"두울."

　"셋!"

　타탁!

　두 사람은 셋이라는 숫자가 레오의 입에서 나오자 급히 힘을 거두며 뒤로 물러섰다.

　엘버트는 마스터인 자신의 움직임을 능가하는 실력을 보인 엔드류를 보며 환한 미소를 지었다.

　"많이 컸구나."

"봐줘서 고마워, 형."

두 형제는 오랜만에 정겨운 포옹을 나누고 사람들은 박수를 치며 두 사람의 대련에 대한 화답을 보냈다.

"많이 드세요. 호호!"

메이드복장을 하고 음식을 테이블에 올려놓는 에바는 콧노래를 부르며 즐거워했다.

그 모습에 당황하는 것은 엘버트와 그와 오랜 시간동안 함께 했던 기사들이었다.

"어떻게 된 거냐? 전엔 안 그랬잖아?"

엘버트는 최대한 소리를 죽인 채 엔드류에게 물었다. 에바의 놀라운 변화에 그녀를 다시 봤다는 표현이었다.

"호호호! 다 들리거든요? 요즘 제 귀가 엄청 밝아져서요. 호호, 오라버니나 잘하세요."

"큭."

엘버트는 한 방 먹었다는 표정으로 가슴을 부여잡았다.

"하하하하!"

"엘버트님이 당하긴 어려울 거 같군요."

기사들이 엘버트의 모습에 웃음을 터뜨리자 에바는 씽긋 웃으며 다시 입을 열었다.

"아드리아님하고 내가 최대한 솜씨를 발휘했으니 맛들 보

세요. 물론 맛이 없으면 입 꾹 다물고 아무 말도 안하는 거 아
시죠? 호호호호!"

　에바는 자신이 최선을 다해 준비한 요리를 사람들이 즐겁
게 먹는 것에 뿌듯함을 느꼈다.

　비록 부엌일을 한다는 것을 다른 귀족들은 하찮게 볼지 몰
라도 이런 즐거움을 알게 된 이후론 그런 눈초리가 오히려 하
찮은 일이라 여겨졌다.

　"자, 먹음직스러운 음식을 앞에 두고 보고만 있는 것은 예
의가 아니니 어서 듭시다."

　"그러죠. 잘 먹겠습니다!"

　사람들은 일제히 포크를 들고 음식을 먹었다. 왁자지껄한
파티장이 되어버린 레오의 탑은 화기애애한 분위기로 저녁시
간을 보낼 수 있었다.

　"레오님!"

　"말해."

　레오는 무뚝뚝하게 음식을 먹으며 대꾸했다. 엘버트는 그
런 레오에게 더욱 친근한 미소를 지으며 말했다.

　"내 동생을 잘 부탁합니다."

　"부탁은 내가 해야지. 동생이 이 탑의 일꾼으로 일해 주는
거니까. 나는 노동의 대가로 무예를 가르치기는 하지만 모든
건 그가 노력해서 얻는 거야. 밤잠을 쪼개가며 수련을 하는

저 친구가 대단하지 뭐."

레오가 그런 말을 하자 엘버트는 자신의 동생을 다시 한 번 쳐다봤다. 이제 스무 살도 안 된 어린 동생이 의젓한 청년이 되어 있었다.

"아참! 언제 돌아갈 거지?"

"내일 돌아갈 생각입니다. 캠프에서 기다리고 계시는 부친이 걱정스러우니 서둘러야겠습니다."

엘버트는 레오의 하대에도 자연스러운 반응이었다. 자신의 실력으로는 상대할 수 없을 정도로 강한 레오에게서 풍기는 기운이 그렇게 만드는 것인지도 몰랐다.

"부탁 하나 하지."

"부탁이라니 뭡니까?"

엘버트는 레오의 부탁이라는 말에 귀가 솔깃했다. 이렇게 강력한 자의 부탁을 들어주는 거라면 나중에 반드시 그에 대한 보상을 받을 수 있을 것이라 여겼다.

그것이 국가가 됐든 자신의 목숨이 됐든지 간에 요긴한 보장책이 되어줄 것이었다.

"말을 들어보니 부친이 왕국의 고위귀족이라고 들었는데 이 숲으로 들어오는 사람들이 없었으면 해. 이 숲을 마왕의 숲이라고 한다지?"

"그렇습니다."

“그 이름 덕분인지 아직은 사람들이 들어오지 않았지만 이제부터 다를 거야. 너희가 돌아가면 반드시 이 숲에 욕심을 내는 사람들이 생겨날 테니까. 나는 이 숲을 할아버지들에게서 물려받았고 반드시 지키겠다는 약속을 했지. 만약 누구라도 이 숲을 노리고 들어온다면… 나의 분노를 피할 수 없을 거야.”

“아……”

엘버트는 레오의 부탁이 경고처럼 들려왔다. ‘이 숲을 노리지 마라. 만약 노린다면 너와 나 둘 중에 하나는 그 생명이 다할 거야’ 라는 무서운 경고였다.

“아버지께 말씀드리지요. 반드시 이 숲으로 들어오는 자들이 없게끔 조치하겠습니다. 하지만 만약이라는 것이 있으니 들어오는 사람들이 있다면 관용을 부탁드립니다.”

“봐서.”

레오는 차갑게 대꾸한 뒤 음식을 비웠다. 그리고 글라스에 담긴 붉은 포도주로 입을 가신 뒤 자리에서 일어났다.

“여기 나와 계셨군요. 실례한 것은 아닌지 모르겠습니다.”

탈란은 탑의 꼭대기에 있는 레오에게 다가왔다. 파티장을 나간 그가 여기에 있을 거라 생각하고 왔는데 밤하늘을 바라보며 감상에 젖어 있는 모습이었다. 그래서 괜히 실례한 것은 아닌가 하여 머뭇거렸다.

"아니. 갑자기 찬바람이 쐬고 싶어져서 나와 있었어."

"앉아도 되겠습니까?"

"물론이지. 탈란이라면 언제든 환영이야."

자신을 위해 모든 것을 해주는 탈란은 레오에게 있어서 아버지와 같은 존재였다. 그리고 친구이자 걱정을 들어주는 형 같은 존재였으니 레오가 탈란에 의지하는 바가 컸다.

"작은 주인님."

"응? 할 말 있어?"

"언제 나가실 생각이십니까?"

뜬금없는 질문에 레오는 잠시 생각하다 입을 열었다.

"아직 내 실력이 부족한 거 같아서 망설여져. 세상엔 수많은 강자들이 존재하고 그들에게서 할아버지들의 유언을 이행해야 하는데… 만약 내가 진다면 끝나 버리잖아. 살아남는다 해도 수련을 쌓고 하다 보면 이루지 못할 것 같아서 말이야."

"잘 생각하셨습니다. 어느 정도 성취를 이룬 다음 나가셔도 됩니다. 작은 주인님께서 이 정도면 충분하다고 생각될 때 그 때 나가십시오."

젊은 혈기에 일단 부딪치고 보자는 식으로 탑을 나가면 어쩌나 걱정이 많았던 탈란이었다. 그러나 지금 대화를 통해 레오가 심사숙고하고 있음을 알게 되어 다행이라 여겼다.

"그래야지. 근데 탈란… 고마워, 걱정해줘서."

"하핫! 별 말씀을 다하십니다. 내려가시지요. 다들 즐거울 때 작은 주인님만 나와 계시면 안 되니까요."

"그러지."

레오는 탈란과 함께 다시 파티장으로 내려갔다. 답답하게 마음속을 짓누르는 앞날에 대한 걱정은 밤하늘에 날려 보내고 다시 예전의 모습으로 돌아갈 수 있었다.

그래서 자신을 걱정해주고 응원해주는 동료가 있다는 것이 중요함을 새삼 느끼는 레오였다.

엘버트가 그의 기사단을 데리고 돌아가고 탑은 다시 일상으로 돌아왔다.

기사들과의 싸움으로 더욱 기세가 오른 미크러스를 비롯한 용병들은 레오가 가르쳐주는 무예를 수련하며 앞날을 설계하느라 즐거운 하루하루를 보냈다. 하지만 그런 즐거움도 불청객에 의해 깨어지고 말았다.

모든 것은 구조대에 의해 알려진 숲의 사정을 들은 일부의 귀족들 때문이었다.

"케이트론 자작!"

왕궁을 나서는 마왕의 숲 남부에 영지를 두고 있는 케이트론 자작은 자신을 부르는 소리에 뒤로 돌아 자신을 부른 사람

을 찾았다. 여러 명의 귀족이 걸어 나오고 있었지만 자신을
보고 있는 단 한 사람. 자신의 영지와 경계를 맞대고 있는 발
라크 폰 이스마엘 후작이었다.

"이스마엘 후작각하, 저를 부르셨는지요?"

후작은 대귀족으로, 순위가 한참 밀리긴 하지만 왕위 계승
권을 가지고 있는 귀족이었다.

백작 이하의 귀족들은 그들과 마주 대하기 어려운 점이 있
었고 그들과 종속관계에 처할 수밖에 없었다.

"내 자네와 이야기할 것이 있어서 그러니 나와 함께 가세."

은빛의 수염을 탐스럽게 기른 이스마엘 후작은 꼬장꼬장
한 얼굴 뒤로 권세에 대한 욕심이 엿보였다.

제국과 비교해도 그리 작지 않은 크기의 스베인 왕국에서,
최고의 권좌를 차지하기 위한 그의 노력을 익히 알고 있는 케
이트론 자작이었다. 그런 까닭에 그의 말에 거부할 수 없는
입장이라 묵묵히 그의 뒤를 따랐다.

"타게."

"그럼 실례하겠습니다."

케이트론 자작은 이스마엘 후작의 마차에 올라탔다. 10여
명의 기사가 호위하는 마차에 올라탄 그는 이스마엘 후작의
자택으로 향했다.

가는 내내 아무 말도 하지 않고 있는 후작에게 은은한 두려

움을 느끼는 자작은 불안함으로 초조한 시간을 보내야 했다.
그런 시간은 후작의 저택 안으로 들어서야 끝났다.

화려한 테이블을 마주보고 앉자 후작이 앉았고 몇 사람의
귀족들이 들어섰다.

케이트론 자작도 익히 알고 있는 사람들로 이스마엘 후작
의 측근들이었다.

"모두 알고 있겠지?"

"물론입니다. 케이트론 자작을 모르면 스베인의 귀족이 아
니지요, 하하하!"

은근히 자신의 이름을 높여주는 상대는 라이치스 백작으
로 후작의 오른팔로 알려진 인물이었다.

"안녕하십니까, 백작님."

"오랜만이오. 오늘 중요한 일이 있어 모였는데 그 자리에
자작이 낀 것을 보니 후작각하의 마음에 들어나 보오."

"아, 네……."

자작은 자신이 후작의 마음에 들었다는 말을 하는 것에 당
혹감을 감출 수 없었다. 중립귀족으로 그 누구와도 줄을 대고
있지 않은 자신이었다.

영지를 지닌 귀족들 중에 삼할 이상이 중립노선을 걷고 있
었고 자신도 그러는 것이 나중을 위해 유리하다는 판단을 하
고 있던 참이었다.

"모두 듣게."

후작은 간단하게 포도주를 마시며 환담이 오간 뒤 본격적으로 자세를 바로하고 입을 열었다.

"자네들도 오늘 미르토가 공작의 말을 들었겠지?"

스베인의 최고 귀족가문인 미르토가 공작이 왕궁에서 국왕에게 보고한 것은 충격에 가까웠다.

200년 전 마왕의 숲을 차지하고 국왕에게 자신들의 땅이라고 주장했던 네 명의 절대자는 영웅이었지만 자신들에게는 악몽과 같은 존재들이었다. 그런데 그들이 죽고 이제 그 숲은 그의 손자라는 한 젊은이에 의해 종속되게 되어 버렸다.

숲은 엄청난 자원의 보고나 마찬가지였고 그 방대한 숲을 차지한다면 거기서 나오는 소출이 적지 않을 것은 자명한 일이었다.

귀족들은 그 젊은이를 부러움과 질시의 시선으로 주목하기 시작했다. 그런데 후작이 그 숲의 이야기를 꺼내는 것과 자신의 영지가 그 숲과 맞닿아 있다는 것을 생각하자 불길함이 엄습했다.

'설마… 국왕 전하의 엄명으로 숲을 금역으로 선포한 것을 어기겠다는 말인가?'

자작은 이 자리가 자신이 와서는 안 되는 자리라고 여겼다. 이대로 가다간 꼼짝없이 숲을 차지하려는 후작의 농간에 놀아나게 될 것이 분명했다.

"자네도 알겠지만 요즘 이 나라가 제국으로 올라서기 위해 안간힘을 쓰고 있지 않나? 나를 비롯해서 다른 대귀족들도 국왕전하의 뜻에 부합하기 위해 필사의 노력을 경주하고 있다네. 헌데 나라 안에 우리 땅이 아닌 곳이 있다는 것은 분명 문제일세. 그 땅으로 인해 생겨나는 몬스터들의 습격으로 내 영지를 비롯해서 수많은 영지들이 피해를 보고 있어. 자네 영지도 꽤 큰 피해를 보고 있다고 들었는데 어떤가?"

후작의 은근히 자신의 땅이 피해를 보고 있다는 말을 하며 숲을 차지하겠다는 당위성을 주장하고 나왔다.

"그거야 그렇긴 합니다만."

"그렇지? 해마다 몬스터 토벌로 들어가는 비용이면 내 영지의 영지민을 배불리 먹이고도 남을게야. 그건 낭비일세. 차제에 그 숲을 개발하여 국익에 보탬이 되도록 하는 것이 진정한 충성이라고 보네. 아닌가?"

"그렇군요."

"해서 말이네만, 숲에 이웃하고 있는 피해받는 영지들이 모여 그 숲을 공동으로 개발했으면 하네. 그 땅의 주인이라고 주장하는 어린놈이야 작은 영지 하나 떼어주고 쫓아내면 그만이고."

"맞습니다. 작위도 없는 천한 놈에게 귀족 작위 하나 내려주면 감지덕지해야지요. 감히 후작각하의 권위 앞에 제깟 놈이 나설 수나 있겠습니까?"

"그럼요. 당연한 말씀이십니다. 이 나라에서 가장 유력한 귀족이신 후작님의 눈빛만 봐도 얼어붙을 겁니다. 흐흐흐!"

귀족들은 후작에게 아부를 하기 위해 한껏 후작을 추켜세웠다.

"하하하하! 내가 그 정도야 되겠는가? 하지만 그 정도면 그 어린아이도 만족하겠지. 어떤가. 자네도 동참하겠는가?"

자작은 후작의 말에 심히 갈등했다. 국왕의 뜻을 어겨가며 숲을 침범하는 것은 자칫 국왕의 눈 밖에 날 수도 있는 문제였다.

게다가 그 말을 전한 미르토가 공작가와는 다시는 친해질 수 없었다. 하지만 법은 멀고 주먹은 가깝다고 했던가? 자신의 영지와 가장 가까운 영지는 이스마엘 후작의 영지였다.

지금 이곳에 모여 있는 귀족들의 영지에 둘러싸여 있는 자신의 영지를 생각하면 자칫 고사될 수도 있었다.

'별수없는가? 나 하나 죽는 것은 문제가 아니지만 내 영지의 백성들은 어찌한단 말인가. 내 선택 하나에 목숨이 오가는 문제이니 결국은 이들과 함께 해야 하는 수밖에 없구나. 허어……'

생각은 길었지만 반대하면 그 길로 죽음을 맞이할 수밖에

없다는 것에 자작은 결국 눈을 질끈 감고 후작에게 동조하기
로 마음먹었다.

"알겠습니다. 저도 동참하도록 하겠습니다."

"하하하! 잘 생각했네. 숲을 공동으로 개발하면 분명 자네
에게도 분명 큰 득이 될게야. 받게."

후작이 내미는 술병에 자작은 술잔을 내밀었다. 그 잔이 독
이 든 잔으로 돌아올 것인지, 아니면 달콤한 포도주가 든 잔
이 될 지 그것을 알 수 없는 자작은 불안한 눈으로 자신의 미
래를 상상할 따름이었다.

마왕의 숲은 스베인 왕국의 북부지방에 속해 있는 지역으
로 왕국의 1/20에 해당하는 넓은 땅이었다.

마왕의 숲이 개발되지 않은 관계로 스베인 왕국은 꽤 많은
피해를 입고 있는 것도 사실이었다.

첫째로는 대륙의 동남방에 위치한 왕국의 특성상 다른 나
라들과 교역을 위해선 마왕의 숲을 돌아가야 하는 불편함을
감수해야 했다.

스베인의 국왕들은 그것 때문에 왕궁에서 동북쪽에 위치
한 교역도시를 새로 키워 불편함을 막긴 했지만 그런 까닭에
왕성이 다른 왕국들에 비해 낙후되는 것을 피할 수 없었다.

"결국 내가 그 책임을 떠안게 돼 버렸군. 후우, 앞으로 국

왕전하의 얼굴을 어찌 본단 말인가."

케이트론 자작은 기사들을 이끌고 마왕의 숲으로 들어가는 내내 투덜거렸다.

자신이 이끌고 가는 기사들과 마법사들, 그리고 병사들의 위용은 참으로 대단했다.

후작의 뜻에 동조하는 귀족들이 내어놓은 병력에 자신의 영지의 병력까지 합하여 기사만 300명이요, 병사들은 4천에 달하는 병력이었다.

진짜 마음 독하게 먹고 어지간한 영지를 공격한다면 하루가 지나지 않아 함락시킬 수 있는 막강한 전력이었다.

"하긴 싸우러 가는 것도 아니고 겁만 준 다음 후작이 내리는 남작의 작위를 주어 보내면 그뿐. 그자도 귀족의 작위를 받는 것이 돈도 안 되는 그 땅에 있는 것보다는 낫겠지."

자기 당위성을 주장이라도 하듯 계속 중얼거리는 자작은 투덜댐은 마왕의 숲으로 들어서는 경계에 도달했다는 보고가 올 때까지 이어졌다.

"자작님! 이제 곧 숲의 경계입니다."

영지의 수석기사 로스만 준남작의 보고에 자작은 투덜거림을 멈추고 지도를 펼쳤다.

숲 안의 지형에 대한 것은 전무한 상황이었으니 대강의 방향을 잡고 중앙부분에 있다는 탑으로 향해야 했다.

"북북동으로 진로를 잡아라. 사흘이면 숲을 돌파할 수 있으니 이틀이면 족히 갈 수 있을 것이다. 진군하라!"

"진군!"

답답한 마음을 뒤로한 채 케이트론 자작은 군대를 이끌고 숲으로 들어섰다.

그는 그 길이 인생 최악의 악몽이 되어 돌아오리라곤 생각도 하지 못하고 있었다.

*　　　*　　　*

케이트론 자작인 숲에 발을 들여 놓았을 때 반대쪽에서는 또 다른 손님이 탑으로 발걸음을 재촉하고 있었다.

그는 엘버트 백작으로 레오에게 숲의 계승을 허락하겠다는 국왕의 교서를 들고 오는 중이었다.

"다행이 그의 부탁을 들어줄 수 있었다."

"백작님, 꼭 그렇게까지 해줘야 하는 겁니까? 그의 실력이 아무리 대단하다고 해도 그는 결국 세력이 없습니다. 우리 영지의 기사들이 숲을 지켜줄 수는 있겠지만 언젠가는 빼앗기고 말겁니다."

엔틀러스의 말에 엘버트도 알고 있다는 듯이 대답이 없었다. 한동안 숨을 고른 그가 다시 엔틀러스를 향해 말문을 열었다.

"자네 엔드류를 보았나?"

"물론입니다. 대단한 성취가 있으셨던 듯하더군요. 처음 보는 검식이라 다소 생경하기는 했지만 수많은 시행착오를 거쳐 완성된 명가의 검술이었습니다."

"자네도 그렇게 생각하나? 나 역시 그렇다네. 하지만 이걸 간과해서는 안 되지. 그가 내 동생에게 그의 진짜 검술을 가르쳐 줬을까?"

"아!"

엔틀러스는 엘버트의 말에 가슴이 묵직하게 돌로 맞은 것 같은 통증을 느꼈다.

분명 대단한 검술이기는 했지만 마스터에 오르지 못한 엔드류가 엘버트 백작을 이길 수는 없었다.

기이한 움직임에 폭발적인 기세가 담겼다고 해도 결국은 오러를 사용할 수 있는가에 따라 승패가 정해지게 마련이다. 하지만 엔드류가 마스터의 반열에 올라선다면 승패는 엔드류에게 기울 것이라 생각됐다.

그만큼 그 검식은 강렬했고 기이한 힘이 담겨 있었다. 그런데 그것보다 더 높고 강력한 검술을 가지고 있다면 상황은 달라질 것이다.

그 추측이 맞다면 그에 의해 이 왕국은 흥하느냐 망하느냐의 기로에 서게 될 것이란 생각이 들었다. 그러자 가슴이 답답해질 수밖에 없었다.

"이제 알겠는가? 우리는 최대한 그를 예우해야 하네. 그의 검술이라면 제국의 황제라도 목숨을 장담하지 못할 테니까. 그를 우리 편으로 묶어두는 것이 국익에 보탬이 된다면 그리해야지. 이 나라 스베인을 위해서 말일세."

"제 생각이 짧았습니다."

"하하하! 자네도 예측하지 못하는 부분이 있다니 내가 유난히 똑똑해진 기분이군."

"하핫! 하하하하!"

엔틀러스는 백작의 말에 너털웃음을 터뜨리며 길을 재촉했다. 반드시 레오를 만나 이 나라를 위해 함께해 줄 것을 부탁하고자 하는 엘버트의 뒤를 따라가며. 엔틀러스는 자신이 주인을 잘 선택했다는 뿌듯함으로 희열에 찬 표정을 짓고 있었다.

Chapter **10**
떼강도들

　　건물에 마법을 담아내는 양식을 처음 발견한 사람은 과연 누구였을까.

　　건축양식과 마법의 상관관계에 대하여 궁금해하는 마나의 친구들이라면 누구나 고민해 봤을 만한 내용이다. 이는 마법의 시대까지만 하더라도 전혀 문제가 될 일이 아니었지만, 이계의 절대자들에 의해 멸망의 위기를 겪고난 인류에게 이는 영원한 미스터리가 될 듯했다.

　　그러나 그때의 그 기술이 약 270년 전 다시금 세상에 모습을 드러냈다.

　　그것이 바로 위대한 8클래스의 마도사 갈라스의 업적 중 하나였다.

—마도사 에베누엘의 『마법사 강해』

착착착착!

　보병들이 일제히 걸음을 옮기며 손에는 방패와 검을 뽑아 들었다. 그들의 얼굴에 비릿한 조소가 어려 있었고 최대한 거들먹거리며 상대를 위압하기 위한 몸짓을 하고 있었다.

　"정지!"

　케이트론 자작은 탑이 보이는 곳에 이르자 병력을 세우고 앞으로 나섰다.

　아직 젊어서 그런지 투구 사이로 보이는 자작의 얼굴엔 긴장감이 어려 있었다.

　잠시 뜸을 들인 자작은 옆에 늘어서 있는 기사들 중에서 자신의 수석기사인 로스만에게 손짓했다.

"무슨 일이 있으십니까?"

"자네가 가서 통보하게. 후작의 말대로 남작의 작위를 받고 지정된 영지로 가지 않으면 한 시간 후 총공세를 펼쳐 탑을 쓸어버릴 거라고 말이야."

"맡겨주십시오."

　준남작은 자작의 어려움을 알고 있는지라 최대한 악역은 자신이 하겠다는 생각에 서둘러 탑으로 향했다.

　그가 탑으로 향할 때 레오는 이미 적의 공격을 감지하고 모든 사람을 부른 뒤였다.

"많이도 몰려왔군."

　레오와 탈란 등은 탑의 꼭대기에서 새까맣게 몰려온 군사들을 보며 걱정 어린 눈빛을 하고 있었다.

　레오는 처음으로 이렇게 많은 사람들이 자신을 공격하려 몰려든 것에 적잖이 놀라고 있었다. 하지만 다른 사람들의 동요를 막기 위해 무표정을 유지했다.

　그러고 있는데 백기를 들고 한 사람이 공터로 나왔다. 중무장을 한 채 다가오는 기사는 제법 단련된 걸음걸이를 유지하고 있었다.

"들어라!"

거창하게 나오는 기사의 목소리가 중후한 멋을 풍겼다.

"말해."

레오는 짧게 단답형으로 끊어 말하며 기사의 얼굴을 유심히 뜯어봤다.

"나는 로스만 준남작으로. 우리는 이 숲과 맞닿아 있는 영지의 연합군이다. 이 숲으로 인해 우리들이 겪는 피해가 이만저만이 아닌 관계로 탑주와 거래하려 왔다."

"거래? 무슨 거래를 말하는 거지?"

"이 숲을 우리에게 넘겨라. 그럼 우리는 네게 남작의 작위와 함께 왕국 남부의 스미타 영지를 주겠다. 어떠한가?"

스미타 영지라는 말에 엔드류의 얼굴에 분노가 어렸다. 남작령도 안 되는 작은 바닷가 어촌 마을로 이루어진 영지였다.

그 어떤 귀족들 가기를 원하지 않아 버려진 영지였다. 게다가 그곳은 해적에 대비한 소규모의 해군이 주둔하고 있을 뿐, 그 어떤 시설도 이루어지지 않은 곳이었다.

자연의 보고라고 할 수 있는 이 숲의 가치와 비교하면 하늘과 땅 차이라고 할 수 있었다.

"지금 그걸 말이라고 하느냐? 그 땅과 이 숲을 바꾸자고 하다니 도둑놈이 따로 없잖아?"

"큭… 어쨌든 한 시간의 여유를 주겠다. 그 안에 거래에 응하지 않으면 총공세를 펼쳐 탑을 폐허로 만들겠다. 목숨이 아깝지 않으면 잘 생각하도록!"

　준남작은 말을 마치자 찬바람이 휑하니 불도록 몸을 돌려 사라져 버렸다.

　"레오님, 어떻게 하실 겁니까? 적의 숫자가 너무 많아서 이기기 힘들 거 같은데요."

　엔드류는 불안함과 분노로 인해 어찌할 줄 모르고 제자리를 맴돌았다. 레오도 약간 걱정스럽기는 했지만 애써 침착함을 유지했다.

　"탈란, 어떻게 하지?"

　레오의 물음에 탈란은 잠깐 고민하다 이내 생각을 굳히고 대답했다.

　"탑을 깨우시지요."

　"탑을? 그렇게 해야 할까?"

　"적의 수가 많으니 다른 방법이 없습니다."

　레오는 탈란의 말에 그 방법밖에 다른 방법이 없음을 느꼈다. 적의 수는 수천을 헤아리고 있었고 그들을 다 죽이려면 자신과 같은 실력자가 몇은 있어야 할 판이었다.

　탑을 깨우는 것이 할아버지들의 영면을 방해하는 것 같아 죄송스럽긴 했지만 지켜내는 것이 급선무였다.

　"방법이 있는 겁니까? 무슨 방법인지는 몰라도 저놈들 수천은 넘을 거 같은데요."

미크러스의 걱정에 레오는 애써 태연하게 대답했다.

"걱정하지 마. 이 탑이 깨어나면 나도 못 뚫어."

"네? 그게 무슨 말씀이신지……."

엔드류는 레오가 하는 말에 눈을 동그랗게 뜨고 극도로 놀라 되물었다.

"그런 게 있어. 이 탑은 내 능력으로도 뚫기 힘들단 말이야. 아마 저놈들이 쳐들어오면 알게 되겠지. 이 탑이 왜 마왕의 탑이라고 불리는지……."

"아!"

엔드류는 레오의 말에 이 탑에 뭔가 대단한 비밀과 힘이 숨겨져 있음을 느낄 수 있었다.

이백년 전의 절대자들인 막스와 바란테스, 그리고 하인스와 갈라스가 남긴 힘이었다.

그 힘은 가히 공포라고 해야 할 정도일 거란 생각이 들자 얼굴이 환하게 변한 것이다.

"탈란!"

"네, 작은 주인님."

"창고에서 그것들을 꺼내와. 난 따로 전투준비를 해야겠어."

"그러지요."

탈란은 수천 명이 넘는다지만 그들이 30분을 버티면 용하다는 생각에 비웃음을 흘리며 창고로 향했다.

"슬슬 준비해야겠지?"

레오는 이왕 탑을 깨우는 마당에 지금의 상황을 즐겨야겠다고 생각했는지 즐거운 놀이를 앞둔 어린아이처럼 즐거워했다.

그의 턱없는 자신감이 어디서 오는 것인지 알지 못하는 용병들은 불안한 기색으로 그가 하는 행동을 지켜봤다.

그들과는 반대로 아드리아는 샐러드를 버무리던 바구니를 든 채 열심히 젓고 있었다.

"걱정하지 말라는 말씀 못 들었어? 그냥 마음 푹 놓고 모두 의자 가지고 와서 구경이나 해. 아 얼른!"

"아, 알겠습니다."

용병들은 아드리아마저 대수롭지 않다는 반응을 보이자 서둘러 의자를 가지고 올라왔다.

그들이 자리를 잡자 레오는 탑의 중앙으로 가서 두 다리를 어깨너비만큼 벌리고 선 뒤 두 손을 들어 올렸다.

"나 탑의 주인인 레오파드가 명하노라! 탑이여 잠에서 깨어나 내 명령을 받들라!"

우르르르릉!

탑이 갑자기 레오의 음성에 반응이라도 하듯이 흔들렸다. 그리고 레오가 서 있는 곳에서 빛이 뿜어져 나오며 레오의 몸이 공중으로 들어 올려졌다.

"어, 어떻게……."

"저건 뭐지?"

사람들은 레오의 발밑으로 생겨나는 기둥과 그 기둥에 의자가 놓인 것을 보고 자신들의 눈을 의심했다.

점점 그 기둥은 공중으로 올라가 5미터 정도의 높이가 되자 멈췄다.

"이걸 쓰게 될 줄은 몰랐군."

레오는 의자에 앉으며 앞에 놓인 수정구를 매만졌다. 커다란 수정구는 두 팔로 안아도 제대로 안을 수 없을 정도의 크기였다.

그 붉고 아름다운 수정구를 매만지던 레오는 차분히 수정구에 마나를 불어넣었다.

츠츠츠츳!

수정구가 레오의 마나를 받아들이자 탑의 주위로 놀라운 변화가 일어났다.

푸른 기운이 뿜어져 나오며 둥근 방어막을 펼쳐 내는 것에 미크러스를 비롯한 용병들은 혀를 내둘렀다.

"야, 단검 한 자루 줘봐."

미크러스는 그 막이 어떤 효과가 있는 것인지 몰라 동료에게 손을 내밀어 단검을 달라고 했다.

"여, 여기."

단검을 내미는 동료에게서 받아든 미크러스는 있는 힘을 다해 단검을 푸른 방어막을 향해 집어 던졌다.

날카로운 소리와 함께 공중으로 날아가는 단검은 미크러스의 모든 힘을 담고 있어 강철로 만든 방어구라고 해도 뚫을 수 있을 지경이었다.

티캉!

"헉!"

"뭐야?"

미크러스는 방어막의 강도가 자신이 상상하는 것 이상임을 깨닫고 크게 놀라 레오를 바라봤다.

"놀라긴 일러. 지금부터가 진짜거든. 마법진 개방!!"

강하게 외치는 레오에 의해 수정구가 붉은 빛을 토하고 그 빛은 그대로 기둥으로 번져 갔다.

거대한 마방진이 기둥에 가득 새겨져 있었다. 그것들이 빛을 뿜어내며 공중으로 빛의 그림을 그려내자 레오가 수정구에서 손을 뗐다.

"이제 탈란이 장난감을 가지고 오면 끝나겠군."

레오는 탈란이 가지고 올 장난감을 생각하며 싸늘한 미소를 지었다.

그것은 막스를 비롯한 네 노인이 티엔마르의 유적을 발굴할 때 얻은 것으로, 고대 마도제국의 기술력과 마법력이 고스란히 담긴 일종의 마장기였다.

레오 본인이 싸운다고 해도 한 번에 두 대 이상은 버티기 힘들 정도였다.

많은 수가 없는 것이 아쉬운 그 장난감이라고 칭해지는 것들은 모두 네 대가 있었다.

그것을 가지러 간 탈란이 잠시 후 낑낑거리며 마장기들을 운반해 왔다.

"가지고 왔습니다."

"거기 내려놔. 가동시켜야 하니까."

"알겠습니다."

묵직하게 떨어지는 마장기들은 갑옷덩어리라고 불러도 무방할 정도였다.

마장기하고는 거리가 멀어 보이는 물건에 사람들을 레오를 바라봤다.

"딱히 설명하자면 일종의 마장기라고 해야 할까? 에고를 지닌 마장기와는 달리 이 수정구를 가지고 조정해야 한다는 단점이 있어. 그러니 일종의 장난감 같은 거라고 해야겠지. 에고스톤을 구할 수 있으면 딱인데. 생각할수록 아쉽군."

레오가 아쉬움을 토로하며 하는 설명에 미크러스는 아드리아가 왜 의자를 가지고 와서 지켜보라고 했는지 알 수 있었다.

수천 명이 넘는 적과 싸운다는 것은 레오를 제외한 나머지 용병들에겐 죽음을 향해 달려드는 꼴이었다.

그래서 미크러스를 비롯한 용병들은 불안함으로 가득했던 터였다. 그런데 이런 모습을 지켜보고 나니 가슴이 뻥 뚫어진 것처럼 시원해지는 것을 느꼈다.

"우우~"

갑작스런 병사들의 야유에 케이틀린 자작은 탑 쪽으로 시선을 돌렸다. 그러자 그의 눈에 들어오는 황당한 광경에 멍하니 바라보다 입을 열었다.

"저건 뭐냐?"

"글쎄요. 마법방어막인 것 같습니다만."

"마법사들을 불러오라. 어서!"

"네, 잠시만 기다려 주십시오."

케이틀린 자작은 레오의 탑이 푸르스름한 막에 둘러싸이는 것을 보며 놀라 마법사들을 찾았다.

저것이 어느 정도의 힘을 지녔는지 모르지만 저 막을 제거하지 못한다면 공략은 물 건너가는 것이라고 봐야 했다.

쉽게 끝날 거라 생각하여 나름대로 여유있게 챙긴다고 열흘치의 식량을 가지고 왔으니 답답함으로 가슴이 심하게 요동쳤다.

“부르셨습니까?”

자작에게 다가와 인사를 건네는 마법사는 각 영지들에서 끌어 모은 하위마법사들이었다.

그들은 파이어볼을 쓸 수 있으면 영지에 소속되어 많은 월급을 받아가며 거드름을 피우며 살았다.

그래서인지 개기름이 잔뜩 낀 얼굴엔 세상 다 가진 듯한 거드름이 가득했다.

“저것을 아는가?”

자작은 탑의 주위를 두르고 있는 마법방어막을 보고 물었다. 그러자 마법사들은 자신들의 실력은 생각도 하지 않은 채 대강의 원리를 따지며 이야기했다.

“마나석으로 탑을 보호하는 마법진을 두른 것입니다. 하나 걱정할 것은 없습니다. 마법방어막이라고 해도 병사들과 기사분들이 진입하는 것은 문제가 없고 제아무리 부자라고 해도 저렇게 거대한 방어막을 펼치면 마나석이 버티지 못할 겁니다.”

“휴우, 알겠네. 자네들의 말을 들으니 안심일세.”

자작은 그 정도라면 문제가 될 것은 없다는 생각을 하며 자신감을 되찾았다.

“자작님, 시간도 다 되어 가는데 그냥 밀어 붙이시지요? 지금까지 연락이 없는 것을 보면 관을 봐야 눈물을 흘릴 놈 같습니다."

"알겠네. 일단 기사들만 데리고 공격하도록 하게. 병사들이 다치면 곤란하니 최정예로 단숨에 승부를 봐야 하네."

"그리하겠습니다."

로스만 준남작은 서둘러 휘하의 기사들에게 손짓하고 탑을 향해 돌격했다.

그는 방패로 몸을 가린 채 최대한 마법 공격에 대비하는 자세를 갖췄는데 탑의 마법방어막을 보고 마법에 대한 공격이 있을 거라 생각한 모양이었다.

"제법 몰려오는군요."

"그러게. 그래봐야 방어막을 뚫진 못해. 이제 슬슬 두려움이 무엇인지 알려줘야겠어."

레오가 수정구에 마나를 불어넣으며 마법 공격을 펼치려 하자 탈란이 레오의 옆으로 움직였다.

'탑을 깨웠어도 수천이 넘는 병력이라면 무리다. 작은 주인님은 아직 완성된 단계가 아니니 다른 방법을 찾아야 하는데……'

탈란은 레오의 동분서주하는 모습을 보며 다른 방법을 생각했다. 어떻게든 레오를 도우려는 것인데 그런 노력이 결실을 맺어서일까? 한 가지 방법이 떠올랐다.

'그러면 되겠군. 바란테스 주인님께서 만들어놓은 이 숲의 힘을 불러들이면…….'

방법이 떠오르자 탈란은 지체없이 수정구를 조작하기 바쁜 레오에게 다가갔다.

"작은 주인님, 저는 저 나름대로 할 일이 있으니 자리를 비우도록 하겠습니다."

나직하게 말하는 탈란은 빙그레 웃으며 뭔가 꿍꿍이가 있음을 대놓고 표현하진 않았지만 느낄 수 있게 만들었다.

"그러도록 해. 하지만 탑 밖으로 나가는 것은 안 된다는 거 알지?"

"흐흐, 이론은 그렇지요. 하지만 마법 실력은 제가 작은 주인님보다 월등히 높았던 걸로 아는데요."

"말이 그렇다는 거지. 다녀와."

레오는 마법 실력을 운운하며 마법진에 대한 것은 자신이 더 잘 알고 있다는 탈란의 말에 머쓱해졌다.

드래곤 앞에서 마법자랑 해봐야 빈축만 살 뿐, 득이 없다는 생각이 떠올랐다.

상급의 뱀파이어라면 드래곤에게 비할 바는 아니더라도 인간의 범주에서는 도진 개진이었다.

"간단하게 시작해 볼까? 아쿠아볼!"

츠츠츠츠!

레오가 수정구에 마나를 집어넣으며 마법에 대한 구동어를 외쳤다. 그러자 레오가 앉아 있는 기둥에서 환한 빛이 공중으로 뿜어지고 거대한 마방진의 모습이 형상화되었다. 그러곤 그 마방진으로부터 아쿠아볼이 형성되며 돌격해 들어오는 기사들에게 날아갔다. 하나하나의 크기가 성인 남자의 머리통만 한 아쿠아볼은 맞는다면 작은 고블린들은 즉사를 면치 못할 위력이 담겨 있었다.

"허걱… 미친……."

로스만 준남작은 이런 개념을 상실한 마법 공격에 공포보다는 오히려 분노가 앞섰다.

수천의 궁수가 화살을 쏘아내듯 날아오는 아쿠아볼은 하늘을 완전히 뒤덮었고 그것들이 여지없이 기사들의 머리 위로 떨어지는 것은 가히 공포 그 자체였다.

"막아! 막으란 말이다!"

로스만 준남작은 검에 마나를 실어 아쿠아볼을 베어내며 외쳤다. 너무 많은 아쿠아볼에 반사적으로 검을 휘둘렀지만 다 막아내지 못하고 정통으로 얻어맞고 말았다.

퍼엉하는 소리와 함께 그의 몸에 물의 기운이 퍼져 나갔다.

"크윽!"

괴로운 신음을 흘리는 로스만은 다리가 꺾이며 주저앉았다. 그때부터 전신을 융단폭격하는 아쿠아볼의 마법력에 그는 서서히 정신을 잃어갔다.

그것은 다른 기사들도 별반 다를 바 없었고 순식간에 기사들을 모두 잃은 케이틀린 자작은 멍하니 탑을 바라보며 할 말을 잃고 서 있었다.

"이건 경고다. 더 이상 탑으로 다가오는 자가 있다면 목숨을 보장하지 않겠다. 기사들이 죽지는 않았을 것이니 데려가도록."

레오의 음성이 탑에서 들려오고 케이틀린 자작은 정신을 차렸다. 기사들을 죽이지는 않았다는 말에 정신이 번쩍 든 것이다.

"뭣들 하느냐. 어서 기사들을 구해오라! 어서!"

"네, 자작님."

병사들이 앞을 다투어 기사들에게 달려가고 그들은 급하게 기사들을 양쪽에서 잡은 채 끌고 나왔다.

병장기를 챙길 생각도 하지 못하는 그들의 모습에서 이 말도 안 되는 싸움이 어렵게 돌아갈 것이 훤히 보이는 듯했다.

"어서 깨워라. 생명에는 지장이 없다고 하니."

자작은 일단 로스만 준남작을 깨워 향후 벌일 전투에 대한 것을 생각하기로 하고 병사들을 재촉했다.

병사들은 물을 로스만 자작의 얼굴에 끼얹으며 정신이 돌아오기를 기다렸다.

어느 정도 시간이 흐르고 로스만은 슬며시 눈을 뜨며 정신
을 차렸다.

"괜찮은가?"

"여, 여기는?"

"모두 후퇴했네. 그래도 죽은 사람이 없어서 다행일세."

"아아……."

로스만은 죽은 사람이 없다는 말에 믿을 수 없다는 표정을
지었다. 하지만 기사들이 입고 있는 풀 플레이트메일의 무식
한 방어력이라면 가능할 수도 있겠다는 생각에 자리를 털고
일어났다.

"으으……."

갑옷이 모두 찌그러져 있을 정도의 타격을 받은 터라 온몸
이 욱신거리며 통증을 호소해 왔다.

"다시 가겠습니다. 이번엔 마법사들을 데리고 신속하게 접
근하면 가능할 것 같습니다."

로스만은 한 번의 치욕적인 패배에 화가 나는지 방패를 집
어 들며 말했다.

철저하게 방어에만 치중한 채 가겠다는 의지를 천명하는
것에 자작은 고개를 저었다.

아무리 생각해도 저 무식한 마법 공격을 뚫을 수 있을 것
같지 않았다.

“무리네. 한 곳을 뚫으려고 하면 아까와 같은 우를 범하게 될 뿐이야. 차라리 둥글게 포위한 뒤 병사들까지 동원하여 밀고 들어가야 할 것 같네. 그럼 누군가는 안으로 들어갈 수 있을 것이고 적들의 수가 적으니 탑을 점령할 수 있을 걸세.”

“그러면 되겠군요. 그리하시지요.”

로스만은 아까의 패배를 설욕할 수 있는 기회가 있다는 것에 서두르는 기색이 역력했다.

“병력을 이동시키게.”

“제가 뒤로 돌아가도록 하겠습니다. 이쪽은 자작님께서 맡아 주십시오.”

“그러지.”

로스만이 병력을 이끌고 탑을 돌아가자 자작은 서서히 병력을 앞으로 내보내며 직접 전투에 참전하려 했다.

적들도 아군에게 위협을 하기는 해도 직접적인 살상은 피하려고 하는 것을 보면 겁을 먹고 있다는 판단에 따른 것이었다.

“진군하라!”

“오오오오오!”

괴성을 지르며 달려가는 병사들은 좀 전에 있었던 그 무지막지한 마법 공격을 떠올리며 공포를 덜기 위해 더욱 거센 함성을 내질렀다.

　방패로 온몸을 가린 채 검을 쥔 그들의 모습을 보며 자작은 말의 박차를 가하며 달려 나갔다.

　"레오님! 적들이 또 옵니다."

　"나도 봤어. 별수없이 피를 봐야 할 거 같군. 가능하면 살상을 하지 않고 끝내려 했건만……."

　레오는 입맛이 썼다. 사람을 죽인다는 것이 마음만 먹으면 가능한 일일 것 같지만 그게 귀찮게 달려드는 파리 죽이는 것처럼 쉬운 일은 아니었다.

　지극히 어려운, 손이 떨리고 심장이 터질 것 같은 충격을 받는 중차대한 일이다.

　그것을 지금 해야만 하는 것에 레오는 머뭇거리며 손을 쓰지 못하고 있었다.

　"내가 원한 것은 아니지만 피할 수 없는 상황이라면 결코 피하지 않겠어. 너희들이 생각하는 이상으로 잔인해야 한다면 그렇게 할 거야. 이 탑을 지키기 위해서라면."

　레오는 자신에게 잔인함을 강요하는 적들에게 자신의 분노가 어떤 것인지 보여주기로 결정했다.

　한 번 결정하기는 어려웠지만 결정이 내려지자 주저함없이 수정구에 마나를 불어넣었다.

　츠츠츠츳!

마나가 충만해지자 탑의 마방진 중에서 가운데 있는 것이 공중으로 빛을 쏘아냈다.

서서히 완성되는 마방진은 완벽한 모습을 갖추자 빙글빙글 돌며 푸른빛을 발사했다.

우르르르릉!

뇌성벽력과 함께 사방으로 몰려가는 번개가 제일 선두에 달려오는 자들에게 떨어져 내렸다.

"큭!"

"으악!"

비명과 함께 새까맣게 타버리는 병사들. 그들에게 적중했던 체인라이트닝의 마법력은 다시 다음 사람에게 전이되며 연쇄반응을 일으켰다.

"이, 이런……."

몸이 라이트닝의 강한 힘을 이기지 못하고 터져 나갔다. 비명도 지르지 못한 채 죽어가는 병사들의 모습에 케이틀린 자작은 피눈물을 흘렸다.

적에게 아무런 타격도 입히지 못한 채 병사들의 몰살에 가까운 피해를 당하기만 한 것이었다. 자작의 앙다문 입술이 터져나가며 피가 흘러내렸다.

"마법사들은 뭐하는가? 공격해! 공격하라고 이 죽일 놈들아!"

비싼 월급을 받으며 겨들먹거리기만 하던 마법사들이 정작 중요한 전투에 아무런 힘도 발휘하지 못하는 것을 보곤 자작은 욕설을 퍼부으며 미친 듯이 날뛰었다.

"아, 알겠습니다."

"가자고."

마법사들은 주춤거리며 앞으로 걸어 나갔다. 하지만 느릿느릿한 그들의 발걸음은 어느 세월에 탑까지 갈지 알 수 없을 정도였다.

"구룩, 인간이다. 구루룩!"

오크 한 마리가 오크 요새의 경계근무를 서다 커다란 인간을 발견하곤 돼지 멱따는 소리를 내며 외쳤다.

"구룩! 인간이다!"

"구루루룩!"

일제히 달려 나오는 오크들은 글레이브와 녹슨 창을 들고 인간을 잡아먹기 위해 침을 게걸스럽게 흘리며 나왔다.

"큭! 네 눈에는 내가 인간으로 보이니?"

싸늘한 음성에 오크들은 등골이 서늘하게 얼어붙는 느낌을 받으며 멈춰 섰다.

2미터는 됨직한 키에 창백한 안색을 지닌 아름다운 남자의 모습은 인간으로 보이기에 부족함이 없었다.

수많은 오크들을 오연히 바라보는 그는 다름 아닌 탈란이었다.

"구룩… 인간이 아니면… 구룩… 네가 위대한 우리 오크전사라도 된다는 말이냐? 구룩!"

한 오크가 쪽수의 힘을 믿고 따지듯 물었다. 오크들의 머리가 나쁜 것은 알았지만 자신의 얼굴도 못 알아본다는 것에 탈란은 도리질을 치며 품속에서 작고 아름다운 단검을 꺼내 들었다.

"이건 알아보겠지. 네놈들의 조상과 맺은 언약의 증표이니."

"구룩… 언약의 증표. 복종해야 한다."

"구루루룩!"

오크들은 자신들의 조상들이 맺은 피의 언약에 의해 자연적으로 경배하며 탈란을 마치 신이라도 되는 것처럼 환영했다.

"네놈들의 로드는 어디 있느냐?"

"구룩… 로드는 안에 있다. 구룩!"

"안내해라."

오크의 안내를 받아 작은 요새 안으로 들어가는 탈란은 이참에 바란테스가 남긴 힘을 모두 드러내려고 작정하고 나왔었다.

이 마왕의 숲에 남아 있는 몬스터들의 대부분이 대흑마법사 바란테스에 의해 강제 종속된 것들이었다.

그들은 탑의 수호를 위해 싸워야 하는 운명을 지닌 채 살아가고 있었다.

"구룩! 어서 오시오."

로드답게 무게감을 보이는 오크로드는 다른 오크들과 다르게 말을 더듬지 않으며 인간에 가장 근접한 지능을 선보였다.

그의 늠름하고 묵직한 모습에 탈란은 언약의 증표를 앞으로 내밀며 말했다.

"예전 너희 조상들과 바란테스님이 맺은 언약은 이 숲의 침입자가 나타나면 탑의 명령을 듣는다는 것이었다. 알고 있느냐?"

"구룩… 알고 있습니다, 언약자시여."

피의 언약은 태어날 때 유전으로 전해지는 것으로 선대가 굳이 말하지 않아도 스스로 알고 있는 것이다.

오크들의 평균수명은 채 20년이 넘지 않았음에도 그들은 10대가 넘는 전대의 언약을 기억하고 있었다.

"지금 탑이 공격받고 있다. 우리들의 힘으로 충분히 해결할 수 있지만 너희들도 이 숲을 터전으로 살아가는 부족. 마땅히 같이 싸워야 하지 않겠느냐?"

탈란의 말에 오크로드는 가슴을 탕탕 후려쳤다.

"구룩! 감히 이 숲을 침범한 놈들이 있단 말입니까? 어딥니까?"

불같은 성정을 지닌 오크로드의 말에 탈란은 이놈도 다를 바가 없다는 생각에 쓴웃음을 지었다.

"지금 탑이 공격받고 있다고 했는데… 말을 좀 귀로 듣지 그래? 하긴 콧구멍이 더 크니 코로 들어갈 수도 있겠다만."

"구룩… 뭘 모르시나본데요. 오크는 콧구멍이 클수록 최고의 미남자란 소리를 듣습니다만."

"큭큭! 좋겠군. 그런데 안 갈 건가?"

"아~ 지금 중요한건 그게 아니지. 어서 갑시다. 우리 위대한 오크부족이 이 숲을 지키도록 하겠습니다. 구루루룩!"

오크로드가 밖으로 뛰쳐 나가며 하는 말에 탈란은 빙그레 웃었다. 선대의 힘이 모인다면 지금 탑에 불어 닥치고 있는 위기는 절로 가실 것이었다.

아직 완성되지 않은 레오의 짐을 덜어줄 수 있을 거라는 것에 마음이 가벼워졌다.

Chapter **11**
격퇴

　　이종족들 중 우리가 가장 경계해야 하는 존재는 단연코 오크를 둘 수 있을 겁니다.

　　개개의 힘이나 능력 자체는 매우 뛰어나다고까지 말하긴 어려운 것이 사실입니다. 그러나 인간보단 뛰어난 힘, 그리고 무서울 정도의 번식력은 민가를 괴롭히는 가장 큰 원인 중 하나라 할 수 있습니다.

　　무엇보다 그들이 무서운 이유는 도구를 쓸 줄 아는 이종족이라는 점과 부족을 이루어 집단 전투에 능숙하다는 점이 인간에게 있어 가장 위협이 되는 것 중 하나라 할 것입니다.

—오트웰 준남작의 『이종족과 그들의 습성』

　뇌전과 물, 그리고 불과 바람이 총망라된 마법 공격이 탑에
서 쉴 새 없이 떨어져 내렸다. 마법방어막을 뚫지 못한 병사
들의 피해를 강요하는 그 공격에 자작은 이를 앙다물었다.

　"후퇴하라! 후퇴!"

　결국 케이틀린 자작은 후퇴명령을 내렸다. 탑의 보호막으
로 접근하지도 못한 채 천여 명이 넘는 병력을 잃은 뒤에야
피눈물을 머금고 내린 명령이었다.

　"으으으."

　"마왕의 탑이란 것이 사실이었나 봐."

병사들이 후퇴하며 옆을 지나칠 때 하는 소리들을 들으며 자작은 몸서리를 쳤다.

어쩌자고 이 말도 안 되는 싸움에 등 떠밀려오게 됐는지 후회막심이었다.

"돌아가는 게 낫겠다. 더 이상 피해를 입는다면… 영지는 회복할 수 없는 길을 걷게 될 것이니."

자작은 분했지만 이 싸움은 승산이 없다는 것을 생각하고 회군을 결정했다. 하지만 그냥 돌아가기엔 너무 화가 났다.

특히 그 거들먹거리기 좋아하는 마법사라는 족속들은 그냥 놔둘 수 없었다.

이번 싸움의 책임을 그들에게 물어야 한다는 분노로 검을 빼 든 채 외쳤다.

"지금 당장 마법사들을 끌고 오너라. 당장!"

방방 뛰는 자작의 모습에 성한 기사들이 마법사들을 데려왔다. 그들은 자작이 화가 나긴 했지만 왜 자신들을 부르는 것인지 몰라 어리둥절한 표정을 짓고 있었다.

설마 자신들을 어떻게 하기야 하겠는가 하며 여유로운 몸짓들을 하고 있었다.

"너희들!"

자작이 검으로 마법사들을 일일이 가리켰다. 살기가 가득 담긴 그 동작에 마법사들은 설마 하는 표정으로 웅성거렸다.

"네놈들이 이번 패배의 원인제공자다. 평소에는 알량한 마법 하나 한다고 타인들을 우습게 알던 놈들이 같은 마법으로 공격하는 적들의 공격을 막지 못하고 아군의 피해를 가중시킨 것이 그 죄다. 뭣들 하느냐! 당장 이놈들의 목을 베라!"

"허걱!"

"말도 안 됩니다."

"전투에 진 것이 어찌 우리들 책임이라는 말입니까?"

마법사들은 어떻게든 살기 위해 변명을 늘어놓았다. 하지만 그들의 변명은 자작의 귀에 들어오지 않았다.

"닥쳐라! 입을 여는 놈은 그 주둥이부터 베어버리겠다."

"흡!"

마법사들이 일제히 입을 다물고 두려움에 떨었다. 20여 명이나 되는 마법사들이 있긴 했지만 그들은 캐스팅해야 힘을 쓸 수 있는 존재였다.

살기등등한 기사들의 검이 자신들의 목을 겨누고 있었으니 죽음을 기다리는 수밖에 별다른 도리가 없었다.

"만약 저 공격을 막고 병사들을 안전하게 탑으로 들여보낼 방법이 있다면 저희들을 살려주시겠습니까?"

"뭐?"

케이틀린 자작은 귀를 솔깃하게 하는 말에 검을 내려놓았다.

“검을 치워.”

마법사 하나가 자신의 목을 겨누고 있는 기사의 검을 손가락으로 밀어내며 일어섰다.

나이가 서른 살즈음 되어 보이는 청년으로 영활하게 돌아가는 눈동자가 꽤 머리를 잘 쓰는 자로 보였다.

“말하라. 네놈의 말이 그럴 듯하면 살려주마.”

“공성탑의 전면에 마법사들이 서고 우리들이 방어마법을 걸어 탑의 공격을 막으며 들어가면 됩니다. 제아무리 강한 마법이라고 해도 사력을 다해 막으면 오 분은 버틸 수 있을 겁니다.”

“오 분이라… 오 분이란 말이지…….”

자작은 철군에 대한 생각은 어느새 하늘 저 너머로 날려 버렸다. 오분이라는 시간이면 탑까지 들어가는 것이 그리 어렵지 않을 터였다. 적의 머리를 직접 베어내는 상상을 떠올리며 주먹을 꽉 쥐었다.

“좋아. 그 말이 네놈들을 살렸다.”

“감사합니다.”

“너의 이름이 무엇이냐?”

“그리브라고 합니다.”

“그리브라… 내일 아침까지 공성탑을 만들 것이니 네가 마법사들을 이끌고 전투에 만전을 기하도록 하라.”

“명심하겠습니다.”

자작은 마법사들을 둘러싸고 있는 기사들에게 손짓했다. 그러자 기사들은 일제히 뒤로 물러서며 마법사들에게 겨눴던 검을 회수했다.

죽음의 공포에 떨던 마법사들은 목을 쓰다듬으며 그리브를 고마운 눈으로 쳐다봤다.

그가 아니었다면 지금쯤 목이 떨어져 바닥을 뒹굴고 있을 것이니 고마운 것도 무리는 아니었다.

땅땅! 뚝딱뚝딱!

밤이 깊은 시각에도 멀리 떨어지지 않은 적군의 진영에서 들려오는 망치 소리에 레오는 궁금함이 일었다.

뭔가를 만드는 소리는 분명한데 그것이 무슨 물건일지 그것이 궁금할 따름이었다.

“내가 가봐야겠다.”

레오는 직접 정찰을 갈 생각을 하며 조종탑에서 뛰어내렸다.

“작은 주인님, 어딜 가시려구요?”

탈란이 없어지고 나자 아드리아가 참견을 하고 나섰다. 그녀는 탈란이 어디로 갔는지 돌아오면 얼굴을 할퀴어주겠다고 다짐하며 레오를 막았다.

“내가 가봐야겠어. 저들이 무엇을 만드는지 그것이 궁금해
서.”

레오의 궁금증은 자리에 모여 있는 모든 사람들의 궁금증
과 같았다. 하지만 그 누구도 탑을 나설 엄두를 내지 못하고
있었을 뿐이었다.

“안 돼요. 만약이라도 작은 주인님께서 나가셨다가 저 나쁜
인간들에게 들키면 레오님이 위험해져요. 절대 안 됩니다.”

눈에 쌍심지를 켠 채 도리질을 치는 아드리아의 아름다운
얼굴을 보며 레오는 고마운 마음이 들었다.

자신을 걱정해 주는 아드리아의 마음을 느끼며 악한 인간
보다 착한 마물이 더 인간적인 것은 아닌가 하는 생각이 들었
다.

“저 근데… 그 장난감은 언제 보여주실 겁니까? 아까 보여
준다는 말만 하시고 지금까지 저기 처박아 놓으셨는데요.”

갑자기 미크러스가 하는 말에 레오는 왜 진작 그 생각을 못
했을까 하는 생각에 이마를 쳤다.

“이런… 고마워. 내가 까먹고 있었네. 지금부터 보여주지.
그 장난감의 위력을.”

레오가 다시 조종탑으로 올라서고 수정구에 손을 가져다
댔다.

“합!”

곧장 마나를 불어넣으며 장난감들과 연결된 마방진을 일 깨웠다. 잠시 시간이 지난 뒤 장난감들에게서 묘한 소음이 일어났다.

끼기기기깅!

"오오!"

"움직인다. 움직여."

녹슨 철갑옷이 움직이는 귀를 따갑게 만드는 괴음이 점점 커지고 장난감은 인간이 움직이는 것처럼 조종탑 앞에 도열했다.

"좋아. 내려가서 마음껏 장난치고 오너라. 나의 장난감들아."

레오가 유쾌한 명령을 내리고 장난감들은 곧장 탑의 꼭대기에서 바닥으로 뛰어내렸다.

"헛! 이 높이에서 떨어져도 괜찮나?"

미크러스는 아무리 고대마도제국의 유산이라고는 해도 탑의 꼭대기에서 떨어지면 인간도 으스러져 죽을 판이라는 것을 떠올리고 걱정스런 말을 늘어놓았다.

"걱정 마. 어지간한 마스터의 공격에도 상하지 않을 정도의 강도를 지니고 있으니."

레오의 말에 미크러스는 경악에 찬 시선으로 바닥과 충돌하는 장난감을 쳐다봤다.

“나는 한 주먹감밖에 안 된다는 말이네. 흐미 무서운 것들……”

“나도 그렇다고 봐야겠군.”

“아니, 넌 틀려.”

“응? 무슨 할 말 있어?”

“너는 반 주먹감이야. 딱 반 주먹.”

“뭐야? 난 두 주먹은 버틸 자신 있어. 이거 왜 이래.”

“전투 끝나면 내기할래? 누가 오래 버티나?”

“좋아! 해! 하자면 누가 겁낼 줄 알고?”

미크러스는 항상 자신이 엔드류보다 우위에 있다고 생각하고 있었다. 그것은 엔드류도 마찬가지였는데 나이를 떠나 묘한 경쟁의식을 지닌 그들은 항상 티격태격하며 다투는 것을 즐겼다.

그 둘의 말다툼을 보는 레오는 항상 도리질을 치며 한숨을 내쉴 뿐이었다.

“저거 뭐야? 뭔가 이리로 다가오는데?”

경계병이 어둠을 뚫고 다가오는 물체를 발견하고 하는 말에 모두의 이목이 그리고 쏠렸다. 그러자 중장갑을 걸친 기사들이 걸을 때 나는 소음에 병사들은 소리가 난 방향으로 몰려 갔다.

"누구냐? 정체를 밝혀라!"

짐짓 호통을 치는 병사들은 어둠 속에서 천천히 걸어오는 강철갑옷의 기사들이 자신들의 말을 무시한 채 걸어오자 서로에게 눈짓을 보냈다.

"쳐라! 적들의 기습이다."

"와아아아!"

병사들이 휘두르는 장창이 기사들의 철갑을 무지막지하게 두드리고 빠르게 찔러 들어갔다.

우지직!

갑옷에 부딪친 장창이 요란한 비명을 지르며 부러지고 기사들은 아무런 움직임도 없이 병사들 앞에 서 있었다.

"괴물이다!"

"으아아아!"

병사들은 기사들의 무지막지한 방어력에 괴성을 지르며 원군을 청했다. 그 때 기사들의 손에 들린 워소드가 천천히 들어 올려졌다.

퍼격!

들어 올릴 때는 무척이나 느려 보여 안심하고 있던 병사들은 순식간에 몇 명의 동료들이 그 검에 의해 으깨지는 것을 눈으로 목격한 순간 겁에 질렸다.

"지원을 청해!"

“우우!”

병사들이 도망가자 신속하게 망치 소리가 나는 곳으로 방향을 잡고 달려가는 기사들은 어딘가 부자연스러운 모습을 연출했다. 하지만 그 누구도 그들이 기사가 아니라고 생각하지 못했다.

“막아!”

“하압!”

전투에 지쳐 선잠을 자고 있던 기사들이 달려와 그들을 막았다. 숫자가 네 명에 불과하다는 것을 안 그들은 낮에 당한 분노까지 이자로 쳐서 돌려주리라 다짐하며 팔을 걷어붙이고 달려왔다.

카카캉!

적들에게 마나소드를 휘두르는 기사들은 갑옷과 충돌한 마나소드가 사정없이 뒤로 밀리고 흠집도 내지 못하자 기겁했다.

다행스러운 것은 그 무식한 방어력을 선보이는 기사들이 하찮은 병사들인 자신들에겐 신경도 쓰지 않은 채 한곳으로 달려가고 있다는 점이었다.

이미지미러로 장난감을 관찰하며 조종하는 레오는 기사들을 무시한 채 장난감을 움직였다.

어차피 적들에게 마스터는 없을 것이고 오러가 아닌 이상 장난감의 장갑을 부술 수는 없었다.

마법진의 핵을 부수기 전에는 망가지지 않는 장난감의 위력을 익히 잘 알고 있으니 자신의 목적을 위해 앞으로 달려가게 조종할 뿐이었다.

"우와! 저거 엄청나네요."

"봤어? 기사들의 마나소드를 그냥 튕겨버리는 거? 진짜 괴물이네 저거."

미크러스를 비롯한 용병들은 저런 무식한 장난감의 주인이 된다면 얼마나 좋을까 하는 상상을 하며 이미지미러를 감상했다.

흥분으로 손에 땀까지 닦아가며 구경하는 그들을 보고 레오는 죽을 맛이었다.

한 대를 컨트롤하는 것은 어렵지 않지만 혼자서 네 대를 조종하려니 정신이 분산되어 어지러움을 느낄 지경이었다.

"정신 사나우니까 좀 조용히 해."

"흡!"

레오의 신경질적인 반응에 미크러스는 급히 입을 다물었다. 그러자 레오는 다시 조종에 신경 쓰며 소리가 났던 곳으로 장난감을 몰아갔다.

막아서는 기사들은 그대로 부딪쳐 쓰러뜨리며 달리자 군

영의 한 가운데서 만들고 있는 커다란 공성탑을 발견할 수 있었다.

"저걸로 뭐하려는 거지?"

나무로 급조하고 있는 공성탑이 제대로 효과를 발휘할 수 있을지 의문이었다.

그저 높은 곳에 올라가 마법사들의 마법으로 공방전을 벌인다고 하기엔 마탑의 위력에 비할 바가 아니었다.

"일단 부수고 봐야겠다. 돌격!"

수정구에 더욱 강한 마나를 집어넣으며 레오는 장난감들을 조종했다.

워소드를 치켜든 장난감들이 득달같이 공성탑을 향해 달려들자 하프플레이트메일을 걸치고 방패까지 착용한 귀족이 100여 명이 넘는 기사를 이끌고 앞을 막아섰다.

그 뒤로 늘어서는 병사들의 모습에서 사생결단의 기색을 본 레오는 일단 물러나기로 결심했다.

다 죽이는 것은 어렵지 않지만 점점 어지러워지는 마당에 저 많은 기사들을 상대로 하다가 연결이 끊어질 수도 있었다. 그렇게 되면 장난감이 적들의 수중으로 들어갈 수도 있는 일이었다. 그것만은 피해야 한다는 것이 아쉬울 뿐이었다.

"아함 잘 잤다."

늘어지게 기지개를 켜는 레오는 간밤에 아드리아가 지킨 조종탑을 쳐다봤다.

여전히 조종탑을 지키는 아드리아의 모습이 들어오고 다른 사람들은 탑의 차가운 바닥에서 새우잠을 자고 있었다.

"영차!"

가볍게 천마행공으로 조종탑으로 뛰어오르는 레오의 기척에 아드리아가 자리에서 일어났다.

"잘 주무셨나요?"

"덕분에."

레오는 간밤에 적들이 공격해 오지 않은 탓에 푹 잘 수 있었다. 그들도 행군의 피로와 패배의 충격이 겹쳐 도발하지 않은 듯했다.

"구름 한 점 없군."

"그렇군요. 요 근래 들어 이렇게 날이 좋은 것은 처음 봐요."

며칠 사이 레오의 마음을 대변하듯 날씨가 우중충했었다. 가끔 태양이 뜨긴 했지만 하늘에 커튼을 두른 것처럼 어두컴컴했던 것을 떠올리며 레오도 태양이 내려쬐는 빛의 따사로움을 즐겼다.

"일어나셨어요?"

남자들은 부끄러움도 없이 퍼질러 잠을 잔다지만 여자인

에바는 목소리에 반응하여 깨어난 후 곧장 머리카락을 매만졌다.

"오늘도 부탁하지."

"염려마세요. 제가 맡은 일은 무슨 일이 있어도 해낼 테니까요."

두 손을 들어 올리며 힘차게 대답하는 그녀의 모습에 처음 이 탑으로 에바가 왔을 때가 떠올랐다.

그때에 비하면 장족의 발전을 거듭한 그녀는 요 근래 들어 아드리아로부터 마법까지 배우는 열의를 보이고 있었다.

"저길 보세요."

아드리아가 조종탑의 자리를 내주며 한쪽을 가리켰다. 간밤에 적들이 만들고 있던 그 공성탑이 병사들에 이끌려 탑을 향해 다가오고 있었다.

"인간은 저렇게 무모한 존재였던가?"

레오는 적들의 무모한 모습에 아직 자신의 배움이 너무 짧다는 생각을 하며 수정구슬에 손을 가져다 댔다.

차가운 감촉이 수정구슬을 통해서 전해오고 그 느낌이 비정해져야 하는 자신의 의지와 닮았다는 생각에 마음이 착잡해 졌다.

"오오오오!"

"두려워할 것 없다. 전군 공격하라!"

탑이 울릴 정도의 쩌렁쩌렁한 외침이 들려오고 적들은 공성탑을 앞세운 채 다가왔다.

"불살라주지. 파이어볼!"

<u>츠츠츠츠츠</u>

수정구슬을 통해 마방진에 마나가 불어넣어지고 하얀 빛이 무리지어 공중으로 올라갔다. 그리고 만들어지는 육망성은 찬란한 룬문자가 새겨지며 완성됐다.

"가랏!"

레오의 외침에 붉은 화염이 독사의 이빨처럼 혀를 날름거리며 날아갔다.

막아서는 것들을 모두 불살라 버리는 화염의 의지를 일깨워주며 날아가는 것에 레오는 비릿한 미소를 머금으며 적들을 눈으로 바라봤다.

"날아온다. 방어막을 쳐라!"

"실드!"

"배리어!"

마법사들이 공성탑의 앞으로 나서며 일제히 실드를 쳤다. 푸른 마법방어막이 모습을 드러내고 공성탑은 그 실드막에 의해 완벽하게 보호되기 시작했다.

미친 듯 날아오는 화염이 실드와 충돌하고 마법사들은 그 충격에 움찔거렸다. 하지만 공성탑의 기둥에 몸을 묶어 도망갈 수도 없게 배수의 진은 친 터라 죽기 살기로 실드를 펼쳐야 했다.

"지금이다! 마법사들이 적의 공격을 막아줄 때 서둘러 탑을 점령하라!"

"적들은 몇 안 된다. 돌격하라!"

로스만은 전 날의 치욕을 씻기 위함인지 더욱 열을 내며 병사들을 독전했다. 그리고 제일 선두에 서서 달려오며 푸른 방어막을 향해 검을 날렸다.

"어, 어떻게 해요? 저럼 뚫리는 거 아니에요?"

에바는 발을 동동 구르며 적들의 모습에 좌불안석이 되어 있었다.

'어쩔 수 없군.'

레오는 탑의 방어막은 기사들의 공격이 지속되면 오래 버티지 못하고 깨어진다는 것을 생각했다.

얼마간은 버텨줄지 몰라도 그리 오래가지는 않을 것이었다. 타격이 중첩될수록 마법진을 이루고 있는 마나집약진의 마나는 빠르게 소모될 것이기 때문이었다.

"아드리아!"

"말씀하세요."

"조종탑을 아드리아가 맡아줘. 나는 저들이 들어오지 못하게 방해해야겠어."

“알겠어요.”

아드리아가 수정구슬에 손을 대자 레오는 서둘러 손을 떼며 탑에서 뛰어내렸다.

“우리도 가자.”

“물론이지. 우리도 이 탑의 일꾼이라고. 하하하!”

사람들은 자칫 죽을 수도 있는 싸움을 하러 가면서 웃고 있었다. 미래에 대한 꿈을 꿀 수 있게 해준 레오와 탑의 식구들, 그리고 이 탑을 지키기 위해 싸우는 것이니 두려울 것이 없다는 생각들이었다.

“마구 쳐라! 깨질 때까지 치란 말이다. 푸하하하!”

탑의 아랫부분까지 진입하자 더 이상 마법 공격은 없었다. 오직 앞을 가로막고 있는 마법방어막만 제거하면 안으로 들어가서 분탕질을 칠 수 있었다.

그에 고무된 로스만 준남작의 웃음소리는 떠나갈 줄 모르고 이어졌다.

까앙! 까가강!

죽을힘을 다해 방어막을 두드리자 점점 방어막의 빛이 옅어지기 시작했다.

희열에 가득한 로스만의 얼굴은 금세라도 터져 나갈 것처럼 부풀어 올랐다. 그 때 그의 앞으로 보이는 탑의 작은 문이

열렸다.

"저놈은……."

로스만은 탑으로 제안을 전하러 왔을 때 봤던 탑의 주인인 청년과 몇몇의 사람들이 나오자 인상을 찡그렸다.

"설마 이제 와서 항복하겠다는 것은 아니겠지? 만약 항복이라도 한다고 나서면 내 단칼에 네 녀석들을 죽여 버릴 테다. 으아아아!"

폭주하는 로스만에 의해 방어막은 더욱 거센 비명을 지르며 빛이 사라져 가기 시작했다.

"하아… 마법으로 죽여 본 것은 어제 해봤지만 직접 죽이는 것은 오늘이 처음인가?"

레오는 기다란 검을 바라보며 중얼거렸다. 이제부터 자신의 손에 죽어갈 적들에게 미리 미안하다는 말을 이렇게나마 하고나자 마음이 편해졌다.

"살인하기에 무척이나 짜증나는 날이군. 왜 이리 맑은 건지."

레오는 눈동자를 따갑게 만드는 햇살을 손으로 가리며 하늘을 바라봤다. 그리고 마음의 준비가 끝나자 천마삼검의 기수식을 펼치며 언제든 검술을 펼칠 수 있도록 마나를 안정시켰다.

고르게 퍼져나가는 마나가 전신을 충만하게 채우자 호흡

을 고르며 마음의 평정을 유지했다.

"준비하자."

"미크러스, 같이 가."

레오는 미크러스 등의 소리에 뒤를 돌아봤다. 그들은 약간의 흥분으로 상기된 채 자신의 옆에 서며 자신을 따라 베틀엑스를 집어든 채 적들이 오기만 기다렸다.

"깨졌다."

"으하하하!"

수천의 병사가 일제히 방어막을 두드린 끝에 드디어 막이 걷혔다.

마나석에 잠재되어 있는 마나가 모두 소멸하자 탑의 방어막이 걷히고 탑의 기능들이 정지된 것이다. 그러자 방어막을 깬 병사들이 환호성을 지르며 기뻐했다.

"나를 따르라!"

로스만 준남작은 제일 먼저 탑의 입구에 버티고 있는 레오에게 달려왔다.

기세등등한 그의 얼굴에는 레오를 어떻게 죽일까 고민하는 빛이 역력했다.

"곱게 죽이진 않을 게다. 어제의 치욕을 생각하면 천 조각으로 찢어 죽여도 시원치 않으니."

로스만의 외침에 레오는 빙그레 웃었다.

“오너라. 내 검으로 하는 첫 살인은 네놈으로 정했다.”

레오는 로스만이 입구까지 다가와 사선으로 검을 내려치자 보법을 사용해 미끄러지듯 빠져나가며 로스만의 목을 베어갔다.

갑자기 눈앞에서 꺼지듯 사라져 버린 레오의 검이 목울대를 노리고 들어오자 로스만은 대경실색했다. 하지만 이미 달려가는 힘을 이기지 못하고 검이 날아오는 곳으로 자신의 목이 달려가고 있었다.

“으아아아!”

비명을 지르며 목을 움츠리는 로스만은 더 이상 비명을 지를 수 없었다.

목울대가 정확하게 잘리며 투구에 쌓인 머리통이 공중으로 날아올랐기 때문이었다.

허망한 로스만의 최후에도 병사들은 멈추지 않았다. 오히려 더욱 독기를 품은 채 달려왔다.

“이야아아!”

“죽어라!”

괴성을 지르며 장창을 찔러대는 병사들은 끝도 없이 밀려들었다. 그리 넓지 않은 문을 가로막고 있는 레오 일행들은 언제 밀릴지 알 수 없는 싸움으로 빠져들어 가고 있었다.

“구루루룩! 오크부족의 용맹함을 알려주어라!”

“구룩구룩!”

레오와 미크러스 등이 혼신의 힘을 다해 탑의 입구를 막고 있을 때 갑자기 나타난 수많은 오크들이 병사들을 향해 달려왔다.

그들은 몬스터 특유의 흉성을 유감없이 발휘하며 병사들을 도륙해 나갔는데 그 기세가 사뭇 대단했다.

“탈란……”

레오는 탈란이 오크부족을 이끌고 왔다는 것을 느낄 수 있었다. 바란테스 노인에 의해 숲의 거의 대부분의 몬스터들이 탑에 종속되어 있었다. 그 힘을 지금 사용하려 함을 느끼자 가슴이 벅차올랐다.

힘겨운 싸움이 될 뻔한 상황에서 할아버지들이 남긴 유산이 자신을 지켜준다는 생각에 더욱 힘이 솟구쳤다. 그들의 참전으로 상황은 탑의 승리로 확실하게 굳혀져 가기 시작했다.

“구룩! 오크들은 강하다. 인간들을 숲에서 몰아낸다.”

“구룩구룩! 조상들의 땅을 지킨다. 구룩!”

오크들은 쉴 새 없이 종알거리며 싸웠다. 그들에게 인간병사들은 숲을 노리고 쳐들어온 침입자였고 절대 이 땅에 있어서 안 될 존재들이었다.

“오, 오크들을 막아라!”

"중갑보병대 반전하여 오크를 상대한다!"

오크들의 기습에 탑을 공격하던 병사들의 대부분이 방향을 틀었다. 이제 남은 것을 탑을 직접적으로 공격하던 기사들이 대부분이었다.

'힘없는 자들을 죽이고 싶지 않아 참았지만… 병사들은 오크들에게 맡기고 저 기사라는 자들을 상대하면 되겠군.'

레오는 홀가분해지자 이제까지 막아내느라 고생했던 것의 이자까지 받아낼 생각으로 검을 움켜쥐었다.

"미크러스! 여기를 맡아라!"

"마, 마스터!"

"걱정하지 말고. 저 오크들은 탑에 종속된 부족이다. 그러니 이곳만 지켜!"

"아, 알겠습니다."

미크러스와 동료들이 입구에 늘어서는 것을 보며 레오는 그대로 신형을 날렸다. 그가 곧장 쏘아져 나가는 곳은 수많은 기사들이 사력을 다해 방어막을 부수기 위해 검을 휘두르는 곳이었다.

"어리석은 자들아! 숫자가 다가 아님을 보여주마!"

분노가 이글이글 불타오르고 있는 레오의 음성이 천지사방을 흔들었다. 그리고 그의 손에 들린 검에서 2미터가 넘는 오러가 피어올랐다.

“마, 마스터…….”

“마스터다!”

기사들은 자신들에게 짓쳐오는 레오가 마스터임을 알아보고 혼비백산했다. 평기사에 불과한 그들에게 있어서 마스터의 공격은 재앙과도 같은 것이었다.

“마스터 방어대형을 갖춰라!”

다급하게 명령을 내리는 누군가에 의해서 기사들은 삼삼오오 짝을 이뤄 마스터에 대항하기 위한 집단 전술을 펼쳤다.

“가랏! 라이너소드!”

후앙! 쎄에에에엑!

공중으로 솟구친 레오는 천마행공을 펼치며 공중에서 그대로 부유했다. 그리고 그가 거칠게 검을 쓸어내자 그의 검에서 시작된 오러가 수십 개로 분열되며 사방으로 쏘아져 나갔다.

“헉! 오, 오러탄…….”

“방패에 마나를 실어!”

기사들은 어떻게든 살아남기 위해서 마나를 방패에 주입하며 몸을 가렸다.

콰앙! 콰드드드등!

비명도 지를 사이도 없이 기사들의 몸이 그대로 오러에 의해 터져 나갔다. 아니 터지는 것이 아닌 산산히 조각이 나서

흩어진다고 하는 것이 옳을 것이었다.

"으으… 이, 이럴 수가……."

단 한 번의 공격에 오십을 헤아리는 기사들의 대마스터 방어진형이 사라져 버렸다. 그런 재앙을 선사한 레오가 지상으로 내려서며 자신들을 향해 다시 짓쳐오기 시작했다.

"탑을 모욕하는 자! 그 어떤 자라고 할지라도 이 대지에 서지 못하리라!"

레오의 강렬한 외침이 터져 나오고 그의 검이 극강의 힘을 담고 춤을 추었다. 막아서는 것들을 그대로 베어내고 어설프게 공격해 들어오는 것들을 오러의 막으로 밀어내 버렸다.

후앙! 쎄에에엑!

한 번의 선이 그어지면 그 선이 그어지는 공간 안의 모든 것이 그대로 반으로 갈라지며 붉은 피안개를 만들어 냈다. 기사들은 전의를 잃고 그저 죽음을 기다리는 비겁자가 되어 머리를 떨구기 시작했다.

"이, 이런… 벌써 시작된 것인가?"

엘버트는 탑이 있는 곳에서 들려오는 엄청난 함성과 병장기 부딪히는 소리에 입술을 깨물었다. 엔드류를 가르치는 레오의 실력을 생각했을 때 저들의 공격은 절대 있어서는 안 될 일이었다.

"기사단! 돌격 대형으로!"

"충!"

엘버트의 휘하 기사들이 방패를 앞세운 채 돌격 대형을 갖추자 그는 있는 힘껏 마나를 실어 외쳤다.

"돌격하라! 탑을 공격하는 자들을 쓸어내라!"

"우와아아아아!"

기사들이 함성을 내지르며 전투가 벌어지고 있는 곳으로 쏟아져 나갔다. 그들의 난입으로 인해 전투는 완전히 한쪽으로 기울어져 버렸다.

"으으… 어떻게 이런 일이……."

케이틀린 자작은 절망으로 머리를 감싸 쥐었다. 이미 탑쪽에 있던 기사들은 레오에 의해서 모두 죽거나 항복한 상황이었다. 그리고 나머지 두 방향은 오크들과 엘버트 백작의 군대가 파죽지세로 밀고 들어오는 상황이었다.

고오오오!

절망의 와중에 들려오는 소리에 그의 시선이 멍하니 들어졌다.

'저, 저자는…….'

양떼를 도륙하는 사자처럼 미친 듯이 기사들을 도륙하던 레오가 본대를 향해서 날아오고 있었다. 기사로 보이는 그가 허공에 뜬 채로 엄청난 속도로 날아오는 것이었다.

‘끝이다…….’

절로 끝이라는 말이 떠오르고 절망감에 자작의 눈이 질끈 감기고 말았다.

“멈춰라! 저항하지 않는 자는 죽이지 않는다!”

레오는 전투를 여기서 그칠 생각이었다. 하여 광량한 마나를 실어 외쳤다. 그러자 그가 있는 부근부터 시작하여 하나둘씩 투항하는 자들이 무기를 버렸다.

『왕좌의 주인』 2권에 계속…

총수의 귀환

아버지라 생각한 자의 배신.
그렇게 이방의 사막에서 죽음을 맞이했다.

그러나, 죽음은 끝이 아니라 새로운 시작이었다!

카이스트 최연소 입학.
하늘이 내린 천재.
과학력을 한 단계 진보시킨 과학자!

복수를 위하여 이계에서 살아남고,
기어코 현대로 다시 돌아온 이은우!

"이제 시작이다, 나의 성공가도는!"

세상이 몰랐던 총수의 귀환!
이은우, 그가 돌아왔다!

無籍門主

무적문주

눈매 新무협 판타지 소설

강호가 혼란할 때마다 나타났던 전설의 문파
강호인들은 그들을 무적문이라 부른다.

마도천하의 시대. 명문정파 비검문은 유일한 계승자인 설화를 보호하기 위해 표운성이라는 청년을 찾는데……

"헤헤. 돈 좀 주셔야겠는데요?"

걸핏하면 돈! 돈! 돈!
세상에서 가장 좋은 것도 돈이요, 가장 귀한 것도 돈이다.

그를 은밀히 따르는 어둠 속의 사군자(死軍者)들
서서히 드러나는 무적문의 실체

"은자의 은혜만 받는다면 나 표운성, 이루지 못할 것은 없다!"
돈에 환장한 문주가 나타났다!